ГАРРІ ПОТТЕР

і
ПРОКЛЯТЕ ДИТЯ

ЧАСТИНА ПЕРША І ДРУГА

НА ОСНОВІ НОВОГО ОРИГІНАЛЬНОГО СЮЖЕТУ

Дж.К. РОЛІНҐ

ДЖОНА ТІФФАНІ та ДЖЕКА ТОРНА

НОВА П'ЄСА **ДЖЕКА ТОРНА**

ВПЕРШЕ ІНСЦЕНІЗОВАНА ПРОДЮСЕРСЬКОЮ КОМПАНІЄЮ
«СОНЯ ФРІДМЕН ПРОДАКШЕНС», КОЛІНОМ КЕЛЛЕНДЕРОМ
ТА «ГАРРІ ПОТТЕР ТЕАТРІКАЛ ПРОДАКШЕНС»

ОФІЦІЙНИЙ СЦЕНАРІЙ
ПЕРШОЇ ІНСЦЕНІЗАЦІЇ У ВЕСТ-ЕНДІ

СПЕЦІАЛЬНЕ РЕПЕТИЦІЙНЕ ВИДАННЯ

ГАРРІ ПОТТЕР
і
ПРОКЛЯТЕ ДИТЯ

ЧАСТИНА ПЕРША І ДРУГА

Переклад з англійської
ВІКТОРА МОРОЗОВА

А·БА·БА·ГА·ЛА·МА·ГА

УДК 821.111'06-2
ББК 84(4Вел)6-6
Р 79

Дж.К. Ролінґ
Джон Тіффані та Джек Торн
ГАРРІ ПОТТЕР І ПРОКЛЯТЕ ДИТЯ
Переклад з англійської

Переклад з англійської © Віктор Морозов, 2016
Редактор: Іван Малкович

Original Title
Harry Potter and the Cursed Child, Parts One and Two – (Special Rehearsal Edition Script)
First published in print in Great Britain in 2016 by Little, Brown

Видавництво «А-БА-БА-ГА-ЛА-МА-ГА»:
Свідоцтво: серія ДК, № 759 від 2.01.2002
Адреса видавництва: 01004, Київ, вул.Басейна, 1/2
Поліграфія: «Юнісофт». Зам. 040/10

ISBN 978-617-585-112-8

www.ababahalamaha.com.ua

ЗМІСТ

ЧАСТИНА ПЕРША

ЧАСТИНА ДРУГА

Дж.К. РОЛІНҐ

Джеку Торну,
який приніс стільки доброго,
з'явившись у моєму житті.

ДЖОН ТІФФАНІ

Джо, Луїсу, Максу, Сонні і Мерл... справжнім чаклунам...

ДЖЕК ТОРН

Елліоту Торну, який народився 7 квітня 2016 року.
Ми проводили репетиції, а він собі щось лепетав.

ЧАСТИНА ПЕРША

ДІЯ ПЕРША

ДІЯ ПЕРША 🌙 СЦЕНА I

КІНҐС-КРОС

Вокзал, переповнений заклопотаними пасажирами, що поспішають у своїх справах. Серед цієї тисняви і метушні ледь чутно брязкання двох чималих кліток, що височіють на нав'ючених валізами візочках. Ці візочки штовхають перед собою двоє хлопців, ДЖЕЙМС ПОТТЕР і АЛБУС ПОТТЕР. Услід за ними дріботить їхня мама, ДЖІНІ. 37-річний чоловік, ГАРРІ, тримає на плечах доньку, ЛІЛІ.

АЛБУС
Тату. Він знову це каже.

ГАРРІ
Джеймсе, вже досить.

ДЖЕЙМС
Я тільки сказав, що він може потрапити в Слизерин. Бо ж він і справді може, адже... *(відвертаючись убік від суворого батькового погляду)*... добре, мовчу.

АЛБУС *(дивлячись на маму)*
А ви мені писатимете?

ДЖІНІ
Та хоч і щодня, якщо хочеш.

АЛБУС
Ні. Щодня не треба. Джеймс каже, що більшість учнів отримують листи від батьків лише раз на місяць. Я не хочу, щоб...

ГАРРІ

Торік ми писали твоєму братові тричі на тиждень.

АЛБУС

Що?! Джеймсе!

АЛБУС *осудливо дивиться на* ДЖЕЙМСА.

ДЖІНІ

Це правда. Не треба вірити кожному його слову про Гоґ-вортс. Твій братик любить жартувати.

ДЖЕЙМС *(шкіриться)*

Ми можемо вже нарешті йти? Будь ласка...

АЛБУС *дивиться на тата, а потім на маму.*

ДЖІНІ

Ви маєте просто пройти крізь стіну між дев'ятою й деся-тою платформами.

ЛІЛІ

Ой, як цікаво.

ГАРРІ

Не зупиняйтесь і не бійтеся, що розіб'єте собі носа, це дуже важливо. Якщо нервуєтесь, краще це робити на бігу.

АЛБУС

Я готовий.

ГАРРІ *й* ЛІЛІ *беруться за ручки* АЛБУСОВОГО *візочка,* ДЖІНІ *хапається за* ДЖЕЙМСІВ *візок, і всі разом, цілою родиною, біжать до бар'єра.*

ДІЯ ПЕРША ☽ СЦЕНА 2

ПЛАТФОРМА ДЕВ'ЯТЬ І ТРИ ЧВЕРТІ

Платформа окутана густою білою парою, що стелиться з ГОҐВОРТСЬКОГО ЕКСПРЕСА.

Вона теж залюднена, але замість бізнесменів у ділових костюмах, що квапляться у своїх справах, тут безліч одягнених у мантії чаклунів і чарівниць, які намагаються сказати на прощання останні напутні слова своїм чадам.

АЛБУС

Ось вона.

ЛІЛІ

Ого!

АЛБУС

Платформа дев'ять і три чверті.

ЛІЛІ

А де вони? Десь тут? Може, вони не прийшли?

> ГАРРІ *показує на* РОНА, ГЕРМІОНУ *та їхню доньку* РОУЗ. ЛІЛІ *щодуху біжить до них.*

Дядьку Роне. Дядьку Роне!!!

> РОН *обертається саме в той момент, коли до нього підбігає* ЛІЛІ. *Він підхоплює її на руки.*

РОН

Та це ж моя улюблена Поттерушка!

ЛІЛІ

А який ти маєш для мене фокус-покус?

РОН

Ти щось чула про офіційно схвалений «Відьмацькими витівками Візлів» подих-крадиніс?

РОУЗ

Мамо! Тато знову робить цю ідіотську штучку.

ГЕРМІОНА

Ти кажеш — ідіотську, він каже — пречудову, а я кажу... ні те ні се.

РОН

Стривай. Дай мені пожувати... повітря. А тепер я просто... вибач, якщо від мене трохи тхне часником...

Він хукає їй в обличчя. ЛІЛІ *хихотить.*

ЛІЛІ

Від тебе тхне вівсянкою.

РОН

Айн. Цвай. Поліцай! А зараз, панночко, ти взагалі не зможеш нічого нюхати...

Він підіймає вгору її ніс.

ЛІЛІ

Де мій ніс?

РОН

Та-дам!

У його руці нічого немає. Це нікчемний фокус. Настільки нікчемний, що всім аж смішно.

ЛІЛІ

Ти дурненький.

АЛБУС

Знову на нас усі дивляться.

РОН

Це через мене! Я страшенно популярний. А мої фокуси з носом уже стали легендарними!

ГЕРМІОНА

Я б сказала, чим вони стали, але краще промовчу.

ГАРРІ

Нормально запаркувався?

РОН

Ще й як. Герміона не вірила, що я складу маґлівський іспит з водіння, скажи? Думала, що я конфундну екзаменатора.

ГЕРМІОНА

Нічого я такого не думала, я вірю в тебе на всі сто.

РОУЗ

А я на всі сто вірю, що він таки конфунднув екзаменатора.

РОН

Цить, дитино!

АЛБУС

Тату...

АЛБУС *смикає* ГАРРІ *за мантію.* ГАРРІ *дивиться на нього.*

Ти думаєш... а що, як... а що, як я потраплю в Слизерин...

ГАРРІ

І що ж тут такого поганого?

АЛБУС

Слизерин — це гуртожиток змії, темної магії... цей гуртожиток не для відважних чарівників.

ГАРРІ

Албусе Северусе, тебе назвали на честь двох директорів Гоґвортсу. Один з них був зі Слизерину, і я, мабуть, не зустрічав відважнішого за нього чарівника.

АЛБУС

Але скажи...

ГАРРІ

Якщо це так тебе турбує, тебе *особисто*, то Сортувальний Капелюх врахує твої побажання.

АЛБУС

Справді?

ГАРРІ

Мої він колись врахував.

Він ще ніколи цього не казав, і сам на якусь мить про це замислюється.

Гоґвортс дасть тобі все найкраще, Албусе. Чесно, там тобі нема чого боятися.

ДЖЕЙМС

Крім тестралів. Роззирайся довкола і стережися тестралів.

АЛБУС

Я думав, що вони невидимі!

ГАРРІ

Слухай професорів, не слухай Джеймса, і навчайся із задоволенням. А тепер, якщо не хочеш, щоб поїзд поїхав без тебе, застрибуй...

ЛІЛІ

Я побіжу трохи за поїздом.

ДЖІНІ

Лілі, швидко назад!

ГЕРМІОНА

Роуз, не забудь передати від нас вітання і цілунки Невілу.

РОУЗ

Мамо, я не можу передавати цілунки професорові!

РОУЗ *підходить до вагона.* АЛБУС *обіймає востаннє* ДЖІНІ *й* ГАРРІ *перед тим, як піти за нею.*

АЛБУС

Ну, добре. Па-па.

Сідає у вагон. ГЕРМІОНА, ДЖІНІ, РОН *і* ГАРРІ *стоять і дивляться на поїзд, а на платформі тим часом лунають свистки.*

ДЖІНІ

З ними все буде добре?

ГЕРМІОНА

Гоґвортс — чудовий!

РОН

Чудовий. Дивовижний. Повно їжі. Я б усе віддав, щоб туди повернутися.

ГАРРІ

Дивно, що Ал так непокоїться, чи не розподілять його в Слизерин.

ГЕРМІОНА

Це ще дурничка, а ось Роуз непокоїть, чи зуміє вона стати рекордсменкою з квідичу уже в перший чи другий навчальний рік. І коли вона нарешті зможе здавати СОВи.

РОН

І звідки вона цього всього набирається?

ДЖІНІ

Гаррі, як ти почуватимешся, якщо Ал... опиниться там?

РОН

А знаєш, Джіні, ми завжди припускали, що ти теж могла б потрапити у Слизерин.

ДЖІНІ

Що?

РОН

Чесно, Фред і Джордж навіть робили на це ставки.

ГЕРМІОНА

Може, ходімо вже. Бо всі на нас дивляться.

ДЖІНІ

Люди завжди дивляться на вашу трійцю. Разом ви чи окремо. Завжди витріщаються на вас.

Усі четверо йдуть зі сцени. ДЖІНІ *зупиняє* ГАРРІ.

Гаррі... то з ним усе буде добре?

ГАРРІ

Звичайно.

ДІЯ ПЕРША 🌙 СЦЕНА 3

ГОҐВОРТСЬКИЙ ЕКСПРЕС

АЛБУС *і* РОУЗ *просуваються вагоном. До них наближається* ВІДЬМА З ВІЗОЧКОМ.

ВІДЬМА З ВІЗОЧКОМ
Хочете чимось поласувати, дорогенькі? Гарбузовими пиріжками? Шоколадними жабками? Тістечками-каза-ночками?

РОУЗ *(зауважує, як* АЛБУС *захоплено дивиться на шоколадні жабки)*
Ал. Нам треба зосередитись.

АЛБУС
На чому зосередитись?

РОУЗ
На тому, з ким ми будемо товаришувати. Знаєш, мої батьки зустріли твого тата під час першої поїздки на Гоґ-вортському експресі...

АЛБУС
То що, ми мусимо вже зараз вибирати собі друзів на все життя? Трохи дивно.

РОУЗ
Навпаки, дуже цікаво. Я — Ґрейнджер-Візлі, а ти Поттер... усі захочуть з нами товаришувати, тож ми зможемо ви-брати в друзі кого захочемо.

АЛБУС

А як ми вирішимо... в яке нам купе іти...

РОУЗ

Зробимо загальний рейтинг, а потім приймемо рішення.

АЛБУС відчиняє двері купе і бачить там лише одного білявого хлопця — СКОРПІЙ. *АЛБУС усміхається.* СКОРПІЙ *теж відповідає усмішкою.*

АЛБУС

Привіт. Це купе...

СКОРПІЙ

Вільне. Я тут сам.

АЛБУС

Чудово. То ми можемо... сюди зайти... на деякий час... це нормально?

СКОРПІЙ

Нормально. Привіт.

АЛБУС

Албус. Ал. Я... мене звати Албус...

СКОРПІЙ

Привіт. Скорпій. Тобто мене звати Скорпій. А тебе Албус. Я — Скорпій. А ти, мабуть...

Вираз обличчя РОУЗ *стає дедалі холодніший.*

РОУЗ

Роуз.

СКОРПІЙ

Привіт, Роуз. Хочеш спробувати свистошипи?

РОУЗ

Дякую, я щойно поснідала.

СКОРПІЙ

Я ще маю шок-шоколадки, перчортики і трохи драглистих

слимаків. Мамина ідея... вона каже, що *(співає)* «Цукерки солоденькі — ось друзі в нас вірненькі» *(розуміє, що співати було не варто)*. Дурнувата, мабуть, ідея.

АЛБУС

Я спробую... Мама не дозволяє мені їсти солодощі. З чого б почати?

РОУЗ *непомітно від* СКОРПІЯ *штурхає* АЛБУСА.

СКОРПІЙ

Це легко. Я завжди вважав, що перчортики — це королі кондитерської продукції. Від цих м'ятних цукерок з вух починає валити дим.

АЛБУС

Класно, то я з них і... *(РОУЗ знову його штурхає.)* Роуз, чого ти мене б'єш?

РОУЗ

Нікого я не б'ю.

АЛБУС

Б'єш, і то боляче.

СКОРПІЙ *насуплюється.*

СКОРПІЙ

Це все через мене.

АЛБУС

Що?

СКОРПІЙ

Слухай, я знаю, хто ти такий, тому, мабуть, буде чесно, щоб і ти знав, хто я такий.

АЛБУС

Звідки ти знаєш, хто я такий?

СКОРПІЙ

Ти — Албус Поттер. Вона — Роуз Ґрейнджер-Візлі. А я —

Скорпій Мелфой. Мої батьки — Асторія і Драко Мелфої. Наші з тобою батьки... не дуже між собою ладнали.

РОУЗ

І це ще м'яко сказано. Твої батьки — смертежери!

СКОРПІЙ *(ображено)*

Мама ніколи не була... тільки тато.

РОУЗ *відвертається, і* СКОРПІЙ *розуміє, чому вона так робить.*

Я знаю, про що пліткують, але це брехня.

АЛБУС *дивиться на* РОУЗ, *яка почувається доволі некомфортно, а потім на розпачливого* СКОРПІЯ.

АЛБУС

Що... про що пліткують?

СКОРПІЙ

Про те, що мої батьки не могли мати дітей. Що мій тато й дідусь так сильно прагнули зберегти недоторканість родинної лінії Мелфоїв і отримати могутнього нащадка, що вони... що вони скористалися часоворотом і відправили маму назад...

АЛБУС

Куди назад?

РОУЗ

Ходять чутки, Албусе, що він син Волдеморта.

Жахлива й незручна тиша.

І це, скоріш за все, дурня. Тобто... поглянь на його ніс.

Напруження трохи спадає, СКОРПІЙ *якось жалісно і вдячно усміхається.*

СКОРПІЙ

Він точно такий, як у батька! У мене його ніс, волосся і прізвище. Не те, щоб я цим вихвалявся. Тобто... усі ці моменти між батьками й синами, у нас вони теж є. Але взагалі, я краще буду Мелфоєм, аніж, ну, знаєте, сином Темного Лорда.

СКОРПІЙ *і* АЛБУС *дивляться один на одного так, ніби відчули щось спільне.*

РОУЗ

Ну, ми, мабуть, знайдемо собі інше купе. Ходімо, Албусе.

АЛБУС *замислився.*

АЛБУС

Ні *(не дивлячись на* РОУЗ*)*, мені й тут непогано. А ти собі йди...

РОУЗ

Албусе. Я довго не чекатиму.

АЛБУС

Та я й не сподівався. Але я залишуся тут.

РОУЗ *якусь мить дивиться на нього і виходить з купе.*

РОУЗ

Ну й добре!

СКОРПІЙ *і* АЛБУС *залишаються удвох, якось невпевнено дивлячись один на одного.*

СКОРПІЙ

Дякую.

АЛБУС

Ні. Ні. Я залишився... не заради тебе... а заради твоїх цукерок.

СКОРПІЙ

Вона якась сердита.

АЛБУС

Так. Вибач.

СКОРПІЙ
Та ні. Мені це подобається. Як краще — Албус чи Ал?

СКОРПІЙ *усміхається й закидає в рот дві цукерочки.*

АЛБУС *(подумавши)*
Албус.

СКОРПІЙ *(з вух якого починає снуватися дим)*
ДЯКУЮ, АЛБУСЕ, ЩО ЗАЛИШИВСЯ ЗАРАДИ МОЇХ ЦУКЕРОК!

АЛБУС *(регоче)*
Ого!

ДІЯ ПЕРША 🌙 СЦЕНА 4

ПЕРЕХІДНА СЦЕНА

А тепер ми потрапляємо в ірреальний світ мінливого часу. Ця сцена сповнена магії.

Зміни відбуваються стрімко, доки ми перестрибуємо з одного світу в інший. Тут немає тривалих сцен, лише фрагменти й уривки, що демонструють постійний плин часу.

Спочатку ми перебуваємо у Гоґвортсі, у Великій залі, де всі витанцьовують довкола АЛБУСА.

ПОЛЛІ ЧЕПМЕН
Албус Поттер.

КАРЛ ДЖЕНКІНС
Сам Поттер. Серед нас.

ЯН ФРЕДЕРІКС
У нього його волосся. Точнісінько таке, як у нього.

РОУЗ
І він мій двоюрідний брат. *(Усі повертаються до неї.)* Роуз Ґрейнджер-Візлі. Приємно познайомитись.

СОРТУВАЛЬНИЙ КАПЕЛЮХ обходить учнів, які після цього опиняються у відповідних гуртожитках.
Невдовзі стає очевидним, що він наближається до РОУЗ, *яка вся напружується в очікуванні своєї долі.*

СОРТУВАЛЬНИЙ КАПЕЛЮХ
Мене віддавна учні всі
Натягують до самих вух.

Постав я тут у всій красі,
Я — Сортувальний Капелюх.

Мене не бійся, але знай —
Твої думки читаю я,
Тож одягни мене й чекай,
Яка є доленька твоя...
Роуз Ґрейнджер-Візлі.

Надягається РОУЗ *на голову.*

ҐРИФІНДОР!

Ґрифіндорці вітають радісними вигуками РОУЗ, *яка долучається до них.*

РОУЗ
Дякувати Дамблдору.

СКОРПІЙ *підбігає й займає місце* РОУЗ *під пильним поглядом* СОРТУВАЛЬНОГО КАПЕЛЮХА.

СОРТУВАЛЬНИЙ КАПЕЛЮХ
Скорпій Мелфой!

Капелюх надягається на голову СКОРПІЮ.

СЛИЗЕРИН!

СКОРПІЙ, *який цього й очікував, киває й легенько усміхається. Він долучається до слизеринців, які вітають його вигуками.*

ПОЛЛІ ЧЕПМЕН
Ну, так і мало бути.

АЛБУС *стрімко виходить на авансцену.*

СОРТУВАЛЬНИЙ КАПЕЛЮХ
Албус Поттер.

Капелюх надягається на АЛБУСОВУ *голову... і цього разу витримує довшу паузу — немовби й сам збентежений власним рішенням.*

СЛИЗЕРИН!

Тиша.
Суцільна, мертва тиша.
Якась химерна, звихнута, скалічена.

ПОЛЛІ ЧЕПМЕН
Слизерин?!

КРЕЙҐ БОУКЕР МОЛОДШИЙ
Оце так! Сам Поттер? У Слизерині!

АЛБУС невпевнено озирається. СКОРПІЙ, захоплено усмі-
хаючись, гукає йому.

СКОРПІЙ
Можеш стати тут біля мене!

АЛБУС *(геть збентежений)*
Ага. Так.

ЯН ФРЕДЕРІКС
Здається, волосся в нього трохи не таке.

РОУЗ
Албусе? Це якась помилка, Албусе. Мало ж бути зовсім
не так.

*Аж ось раптом ми на уроці літання з **МАДАМ ГУЧ**.*

МАДАМ ГУЧ
Ну, чого ви чекаєте? Шикуйтеся всі біля мітел. Хутенько,
поквапесь.

Учні швидко займають позиції біля своїх мітел.

Підніміть руки над мітлами і скажіть: «Гоп!»

УСІ
ГОП!

*Мітли **РОУЗ** і **ЯНА** ковзають їм до рук.*

РОУЗ І ЯН
Є!

МАДАМ ГУЧ

Ану, не сачкуйте, не марнуйте мого часу. Кажіть «Гоп!» Але по-справжньому, а не впівсили.

УСІ *(крім РОУЗ і ЯНА)*

ГОП!

Мітли злітають угору, включно зі СКОРПІЄВОЮ. Лише АЛБУСОВА мітла досі лежить на землі.

УСІ *(крім РОУЗ, ЯНА і АЛБУСА)*

Є!

АЛБУС

ГОП! ГОП! ГОП!

Його мітла не рухається. Ані на міліметр. Він розпачливо й зневірено вирячився на неї. Усі учні гигочуть.

ПОЛЛІ ЧЕПМЕН

Ой, Мерлінова борода, яка ганьба! Він зовсім не такий, як його батько, правда?

КАРЛ ДЖЕНКІНС

Албус Поттер, слизеринський сквиб.

МАДАМ ГУЧ

Гаразд, діти. Час літати.

І раптом за спиною АЛБУСА виникає ГАРРІ, а всю сцену огортає пара. Ми знову на платформі дев'ять і три чверті, а час невпинно летить далі. АЛБУС тепер уже старший на рік (як і ГАРРІ, хоч по ньому це й не так помітно).

АЛБУС

Тату, я тільки прошу тебе... прошу відійти від мене трохи далі.

ГАРРІ *(здивовано)*

А що, другокласникам не подобається, коли їх бачать з батьками?

Довкола них починає кружляти ЗАНАДТО ЦІКАВИЙ ЧАРІВНИК.

АЛБУС

Ні. Просто... ти — це ти, а... я — це я, і...

ГАРРІ

Та люди просто дивляться і все. Дивляться. До того ж дивляться на мене, а не на тебе.

ЗАНАДТО ЦІКАВИЙ ЧАРІВНИК *просить* ГАРРІ, *щоб той дав автограф...* ГАРРІ *підписує.*

АЛБУС

На Гаррі Поттера і його невдатного сина.

ГАРРІ

Що ти таке говориш?

АЛБУС

На Гаррі Поттера і його сина-слизеринця.

Повз них пробігає ДЖЕЙМС *із валізкою.*

ДЖЕЙМС

Слизеринський слиз-слиз, ледь на поїзд вліз-вліз.

ГАРРІ

Джеймсе, припини.

ДЖЕЙМС *(здалека, біжучи)*

Побачимося на Різдво, тату.

ГАРРІ *стурбовано дивиться на* АЛБУСА.

ГАРРІ

Ал...

АЛБУС

Мене звати Албус, а не Ал.

ГАРРІ

А інші діти погано до тебе ставляться? Так? Може, якщо ти спробуєш знайти собі більше друзів... Якби не Гермі-

ДРАКО

Мій син від цього страждає, а... Асторія останнім часом занедужала... тож він потребує хоч якоїсь підтримки.

ГАРРІ

Якщо реагувати на чутки, то вони ще більше поширюватимуться. Люди вже роками пліткують, що у Волдеморта були діти. Скорпій не перший, кого в цьому підозрюють. Міністерству краще цього не зачіпати, заради вашого ж блага і заради нас усіх.

ДРАКО невдоволено супиться. Сцена світлішає, і там уже стоять з валізами РОУЗ і АЛБУС.

АЛБУС

Коли поїзд рушить, можеш більше не розмовляти зі мною.

РОУЗ

Сама знаю. Мусимо вдавати це лише перед дорослими.

Підбігає СКОРПІЙ — з великими сподіваннями і ще більшою валізою.

СКОРПІЙ *(сповнений надії)*

Привіт, Роуз!

РОУЗ *(виклично)*

Бувай, Албусе.

СКОРПІЙ *(усе ще з надією)*

Вона вже привітніша.

І раптом ми вже у Великій залі, де на авансцені стоїть ПРОФЕСОРКА МАКҐОНЕҐЕЛ, на обличчі якої розквітла усмішка.

ПРОФЕСОРКА МАКҐОНЕҐЕЛ

З великою радістю представляю вам найновішу учасницю Ґрифіндорської команди з квідичу... нашу... *(вона усвідомлює, що не може залишатися безсторонньою)* нашу неперевершену нову ловчиню — Роуз Ґрейнджер-Візлі.

Зала вибухає оваціями. СКОРПІЙ аплодує разом з усіма.

АЛБУС

Ти теж їй аплодуєш? Ми ж ненавидимо квідич, а вона грає за іншу команду.

СКОРПІЙ

Вона ж твоя двоюрідна сестра, Албусе.

АЛБУС

Думаєш, вона б мені аплодувала?

СКОРПІЙ

Я думаю, що вона класна.

Учні знову оточують АЛБУСА, *бо несподівано почина-
ється урок зілля й настійок.*

ПОЛЛІ ЧЕПМЕН

Албус Поттер. Нікчема. Навіть портрети відвертаються,
коли він піднімається сходами.

АЛБУС *схиляється над настійкою.*

АЛБУС

А тепер треба додати... ріг дворога чи що?

КАРЛ ДЖЕНКІНС

Хай сам це робить разом із Волдемортовим чадом.

АЛБУС

Ще трошки саламандрової крові...

Настійка гучно вибухає.

СКОРПІЙ

Ну, добре. Який має бути зворотний інгредієнт? Що нам
треба змінити?

АЛБУС

Усе.

І тут час лине ще далі — АЛБУСОВІ *очі темнішають,
а обличчя набуває землистого відтінку. Він усе ще доволі
привабливий хлопчина, хоча й намагається не зізнава-
тися в цьому.*

І раптом він знову на платформі дев'ять і три чверті разом з татом, який усе ще силкується переконати сина (і самого себе), що все гаразд. Вони обидва стали старшими ще на рік.

ГАРРІ

Третій рік. Важливий рік. Ось твій дозвіл на відвідини Гоґсміда.

АЛБУС

Ненавиджу Гоґсмід.

ГАРРІ

Як можна ненавидіти те, де ти ще ніколи не був?

АЛБУС

Там буде повно гоґвортських учнів.

АЛБУС зіжмакує папірець із дозволом.

ГАРРІ

Ти лише спробуй... серйозно... матимеш нагоду відірватися в «Медових руцях», і мама навіть не знатиме про це... ні, Албусе, не смій.

АЛБУС *(підносить чарівну паличку)*

Інсендіо!

Зіжмакана паперова кулька спалахує вогнем, здіймаючись угору над сценою.

ГАРРІ

Що за дурня!

АЛБУС

Найсмішніше, що я й не думав, що в мене вийде. Ніколи не вдавалося це закляття.

ГАРРІ

Ал... Албусе, я обмінявся совами з професоркою Макґонеґел... вона каже, що ти усамітнюєшся... малоактивний під час уроків... завжди похмурий... не хочеш...

АЛБУС

А що ти хочеш, щоб я робив? Магічно створив собі популярність? Вичаклував новий гуртожиток? Трансфігурував себе у кращого учня? То зачаруй мене, тату, і зроби з мене того, кого хочеш, гаразд? Так буде краще для нас обох. Мушу йти. Ловити поїзд. Шукати друзів.

АЛБУС біжить до СКОРПІЯ, *що заклякло сидить на валізі.*

(радісно) Скорпію...
(стурбовано) Скорпію... все нормально?

СКОРПІЙ нічого не відповідає. АЛБУС намагається прочитати відповідь в очах друга.

Твоя мама? Їй стало гірше?

СКОРПІЙ

Сталося найгірше, що могло статися.

АЛБУС сідає біля СКОРПІЯ.

АЛБУС

Я думав, ти пришлеш мені сову...

СКОРПІЙ

Я просто не знав, що написати.

АЛБУС

А я тепер не знаю, що сказати...

СКОРПІЙ

Нічого не кажи.

АЛБУС

Я можу чимось...

СКОРПІЙ

Прийди на похорон.

АЛБУС

Звичайно.

СКОРПІЙ

І будь моїм вірним другом.

І раптом посеред сцени опиняється СОРТУВАЛЬНИЙ КАПЕЛЮХ, *а ми всі знову у Великій залі.*

СОРТУВАЛЬНИЙ КАПЕЛЮХ

Лякаєшся ім'я почути,
Яке тобі і не збагнути?
Не Слизерин! Не Ґрифіндор!
Не Гафелпаф! Не Рейвенклов!
Не треба так, дитя, боятись,
Крізь сльози будеш ти сміятись!
Лілі Поттер. ҐРИФІНДОР!

ЛІЛІ

Ура!

АЛБУС

Чудово.

СКОРПІЙ

Ти справді думав, що вона потрапить до нас? Але ж Поттерам не місце в Слизерині.

АЛБУС

Крім одного.

Він намагається розчинитися на задньому плані, а інші учні регочуть. Він дивиться на них усіх.

Я цього не обирав, вам ясно? Я не обирав бути його сином.

ДІЯ ПЕРША 🌙 СЦЕНА 5

МІНІСТЕРСТВО МАГІЇ, КАБІНЕТ ГАРРІ

ГЕРМІОНА *сидить у доволі захаращеному кабінеті* ГАРРІ *перед цілою горою паперів. Повільно їх перебирає. Вбігає* ГАРРІ. *З подряпини на його щоці сочиться кров.*

ГЕРМІОНА

І як все пройшло?

ГАРРІ

Це правда.

ГЕРМІОНА

Теодор Нот?

ГАРРІ

Під вартою.

ГЕРМІОНА

А сам часоворот?

> ГАРРІ *демонструє часоворот. Той заманливо сяє.*

Він справжній? Діючий? Це не просто годинноворотні чари — він сягає далі?

ГАРРІ

Ми ще нічого не знаємо. Я хотів його випробувати прямо там, на місці, але гору взяли розважливіші мудрагелі.

ГЕРМІОНА

Ну, тепер він у нас.

ГАРРІ

І ти певна, що хочеш тримати його тут?

ГЕРМІОНА

Не думаю, що в нас є вибір. Поглянь на нього. Він зовсім інакший від того часоворота, який був у мене.

ГАРРІ *(іронічно)*

Припускаю, що з часів нашого дитинства чарівництво прогресувало.

ГЕРМІОНА

У тебе кров.

> **ГАРРІ** *дивиться на себе в дзеркало. Прикладає до ранки полу мантії.*

Не страшно, пасуватиме до шраму.

ГАРРІ *(усміхається)*

А що ти робиш тут, у моєму офісі, Герміоно?

ГЕРМІОНА

Мені не терпілося почути про Теодора Нота, а ще... хотіла перевірити, чи ти дотримав обіцянку і впорядкував документацію.

ГАРРІ

Он як. Виходить, що ні.

ГЕРМІОНА

Ні. Я бачу. Гаррі, як ти взагалі примудряєшся щось робити серед такого хаосу?

> **ГАРРІ** *змахує чарівною паличкою – і всі папери й книжки складаються в акуратні стоси.* **ГАРРІ** *сміється.*

ГАРРІ

Бачиш, уже не так хаотично.

ГЕРМІОНА

Та все одно безлад. А знаєш, тут є деякі цікаві речі... про гірських тролів, які перевозять по Угорщині ґрапорогів, про велетнів з крилатими татуюваннями на спинах, які бредуть морями Греції, а ще про вовкулаків, що пішли в підпілля...

ГАРРІ

Чудово, але ходімо звідси. Я мушу зібрати команду.

ГЕРМІОНА

Я розумію, Гаррі. Канцелярська рутина нудна...

ГАРРІ

Не для тебе.

ГЕРМІОНА

Я маю достатньо своєї роботи. Ці люди й бестії воювали спільно з Волдемортом під час великих чаклунських воєн. Вони всі спільники тьми. А це — якщо співставити з тим, що ми щойно розкопали в Теодора Нота, — щось та означає. Але якщо сам голова відділу з дотримання магічних законів не читає своїх документів...

ГАРРІ

Але мені й не треба їх читати — я ж працюю не тільки в кабінеті, тож чую все заздалегідь. От узяти Теодора Нота — це ж я почув плітки про часоворот і відразу почав діяти. Тобі не варто мені дорікати.

ГЕРМІОНА *дивиться на* ГАРРІ — *тяжкий випадок.*

ГЕРМІОНА

Хочеш іриску? Але не кажи Ронові.

ГАРРІ

Ти міняєш тему.

ГЕРМІОНА

Міняю. То що — іриску?

ГАРРІ

Не можу. Ми зараз утримуємося від цукру.

Коротка пауза.

Ти ж знаєш, що до цього легко звикнути?

ГЕРМІОНА

Що тобі сказати? Мої батьки були стоматологами, тож я мала б колись збунтуватися проти них. У сорок років це вже, мабуть, трохи запізно, але... ти справді зробив чудову річ. І я зовсім не дорікаю... просто хотіла, щоб ти час від часу таки переглядав свої файли, ось і все. Можеш вважати це легеньким... штурханцем під бік... від міністра магії.

ГАРРІ відчуває прихований підтекст у тому, як вона наголошує на цих словах; він киває.

Як там Джіні? Як Албус?

ГАРРІ

Здається, з мене батько ще гірший, ніж канцелярський пацюк. А як Роуз? Як Г'юґо?

ГЕРМІОНА *(з усмішкою)*

Знаєш, мій Рон вважає, що я частіше бачу свою секретарку Етель *(показує рукою вбік)*, ніж його. Гадаєш, був такий момент, коли ми свідомо зробили цей вибір — стати найкращими батьками року чи... міністерськими чинушами року? Знаєш, іди додому, до родини, Гаррі, бо швидко вирушає черговий Гоґвортський експрес... насолодися тим часом, що ще залишився... а тоді вертайся сюди зі свіжою головою і перечитай ці файли.

ГАРРІ

Ти справді думаєш, що все це щось означає?

ГЕРМІОНА *(усміхаючись)*

Все може бути. Потім знайдемо спосіб, як це подолати. Ми ж завжди знаходили.

Ще раз усміхається, кидає в рот іриску і виходить з кабінету. ГАРРІ залишається сам. Бере свій портфель. Виходить з офісу і йде коридором. На його плечах тягар цілого світу.

Втомлено заходить у телефонну будку. Набирає 62442.

ТЕЛЕФОННА БУДКА

Бувай, Гаррі Поттере.

Він підіймається вгору, залишаючи Міністерство магії.

ДІЯ ПЕРША ☾ СЦЕНА 6

ДІМ ГАРРІ І ДЖІНІ ПОТТЕРІВ

АЛБУС *не може заснути. Він сидить угорі на сходах. Чує внизу голоси. Ми теж чуємо спочатку голос* ГАРРІ, *а потім уже бачимо його самого. З ним поруч літній чоловік у інвалідному кріслі,* АМОС ДІҐОРІ.

ГАРРІ

Амосе, я розумію, справді... але я щойно прийшов додому і...

АМОС

Я намагався домовитися про зустріч у міністерстві. Мені сказали: «Так, містере Діґорі, ми можемо влаштувати вам зустріч приблизно через два місяці». Я чекаю. Дуже терпляче.

ГАРРІ

...і приходите до мене додому серед ночі... коли мої діти саме готуються до нового шкільного року... це не найкращий варіант.

АМОС

Минають два місяці, я отримую сову: «Містере Діґорі, нам страшенно прикро, але містера Поттера викликали в термінових справах, ми мусимо зробити відповідні зміни у графіку, чи можна вам призначити зустріч, скажімо, через два місяці». А тоді це повторюється знову і знову... Ви просто мене уникаєте.

ГАРРІ

Та ні, звичайно. Просто я як голова відділу з дотримання магічних законів несу відповідальність...

АМОС

Ви відповідальні багато за що.

ГАРРІ

Вибачте?

АМОС

Мій син, Седрик, ви ж пам'ятаєте Седрика?

ГАРРІ *(згадка про Седрика завдає йому болю)*
Так, я пам'ятаю вашого сина. Його втрата...

АМОС

Волдеморту були потрібні ви! А не мій син! Ви самі мені казали, що Волдеморт розпорядився «вбити зайвого». Зайвого. Мій син, мій чудовий син виявився зайвим.

ГАРРІ

Містере Діґорі, ви ж знаєте, що я підтримую ваші зусилля стосовно пам'ятника Седрику, але...

АМОС

Пам'ятника! Мене не цікавить жодний пам'ятник... і вже давно. Я стара людина... мені вже недовго лишилося... і я прийшов до вас з проханням... з благанням... щоб ви допомогли повернути його.

> **ГАРРІ** *ошелешено дивиться на нього.*

ГАРРІ

Повернути його? Амосе, це ж неможливо.

АМОС

Але ж у міністерстві є часоворот, хіба не так?

ГАРРІ

Усі часовороти були знищені.

АМОС

Я так зненацька увірвався сюди тому, що до мене дійшли чутки... достовірні чутки... ніби міністерство конфіскувало в Теодора Нота нелегальний часоворот і тримає його в себе. Для розслідування. Дозвольте мені скористатися цим часоворотом. Дозвольте повернути сина.

Довга й моторошна пауза. ГАРРІ відчуває, який важкий тягар на нього звалився. Ми бачимо АЛБУСА, який підходить ближче й нашорошує вуха.

ГАРРІ

Амосе, гратися з часом! Ви знаєте, що ми не можемо цього робити.

АМОС

Скільки людей поклали своє життя заради Хлопця, Що Вижив? Я прошу вас врятувати лише одного з них.

ГАРРІ відчуває просто фізичний біль. Він замислюється, а його обличчя кам'яніє.

ГАРРІ

Хай там що ви чули... але плітки про Теодора Нота — це фікція, Амосе. Мені дуже жаль.

ДЕЛЬФІ

Привіт.

АЛБУС підстрибує мало не на кілометр, коли виявляється, що з другого боку сходів на нього дивиться ДЕЛЬФІ — рішуча на вигляд жінка років двадцяти з чимось.

Ой. Вибач. Не хотіла тебе налякати. Я й сама колись любила підслуховувати під сходами. Сидячи отак. Чекала, коли хтось бовкне хоч якусь цікавинку.

АЛБУС

Хто ви такі? Бо це все ж мій дім і...

ДЕЛЬФІ

Я грабіжниця, звісно. Збираюся викрасти все, що тобі

належить. Віддавай мені гроші, чарівну паличку і шоколадні жабки! *(Вона набирає лютого виразу, а потім усміхається.)* Або ж просто Дельфінія Діґорі. *(Вона піднімається сходами і простягає руку.)* Дельфі. Доглядаю його... Амоса... ну, тобто намагаюся. *(Показує на* АМОСА.*)* А ти хто?

АЛБУС *(примирливо усміхається)*

Албус.

ДЕЛЬФІ

О, звісно! Албус Поттер! То Гаррі твій тато? Це ж просто кайф, правда?

АЛБУС

Не зовсім.

ДЕЛЬФІ

Ага. Мабуть, я бовкнула щось дурне? Про мене завжди казали таке в школі. Дельфінія Діґорі — це та, що постійно пхає носа до чужого проса.

АЛБУС

Мене теж усі обзивають.

Пауза. Вона пильно дивиться на нього.

АМОС

Дельфі.

Вона вже починає йти, але вагається. Усміхається АЛБУСУ.

ДЕЛЬФІ

Ми ж не вибираємо собі родичів. Амос не просто мій пацієнт, а й мій дядько, і це одна з причин, чому я погодилася працювати у Верхньому Флеґлі. Але це нелегко. Тяжко жити з людьми, які застрягли в минулому, правда?

АМОС

Дельфі!

АЛБУС

У Верхньому Флеґлі?

ДЕЛЬФІ

Там притулок святого Освальда для старих відьом і чаклунів. Приходьте якось до нас. Якщо захочете.

АМОС

ДЕЛЬФІ!

Вона дарує усмішку, і враз спотикається, спускаючись сходами вниз. Заходить у кімнату, в якій перебувають АМОС *і* ГАРРІ. АЛБУС *стежить за нею.*

ДЕЛЬФІ

Так, дядечку?

АМОС

Прошу познайомитися з колись видатним Гаррі Поттером, а тепер холодним, як лід, міністерським чинушою. Я вас залишу у спокої, пане. Якщо це можна буде назвати спокоєм. Дельфі, моє крісло...

ДЕЛЬФІ

Так, дядечку.

АМОСА *вивозять з кімнати.* ГАРРІ *теж виходить, маючи жалюгідний вигляд.* АЛБУС *пильно й замислено дивиться на це все.*

ДІЯ ПЕРША 🌙 СЦЕНА 7

ДІМ ГАРРІ І ДЖІНІ ПОТТЕРІВ, АЛБУСОВА КІМНАТА

АЛБУС сидить на ліжку, а за дверима його кімнати вирує життя. Контраст між його застиглістю і невпинною метушнею назовні. Чутно, як голосно нарікає Джеймс (здалека).

ДЖІНІ

Прошу тебе, Джеймсе, облиш своє волосся і прибери ту кляту кімнату.

ДЖЕЙМС

Як я можу його облишити? Воно ж рожеве! Я мушу скористатися плащем-невидимкою!

ДЖЕЙМС виникає біля дверей, його волосся рожеве.

ДЖІНІ

Тато дав тобі плаща не для цього!

ЛІЛІ

Хто бачив мій підручник з настійок?

ДЖІНІ

Лілі Поттер, навіть не думай нап'ясти це завтра до школи...

ЛІЛІ з'являється біля АЛБУСОВИХ дверей. За спиною в неї тріпочуть крильця феї.

ЛІЛІ

Я так їх люблю. Вони такі тріпотливі.

Вона зникає, а біля АЛБУСОВОГО *порога вигулькує* ГАРРІ. *Він зазирає в кімнату.*

ГАРРІ

Привіт.

Обидва відчувають незручність, не знаючи, що казати. У дверях з'являється ДЖІНІ. *Вона бачить, що там відбувається, і на мить затримується.*

Оце приніс дарунок напередодні Гоґвортсу... дарунки... це Рон прислав...

АЛБУС

Ага, любовне зілля. Добре.

ГАРРІ

Я думаю, це такий жарт про... не знаю, про що саме. Лілі отримала гномів-пердунчиків, Джеймсові дістався гребінь, від якого волосся стає рожевим. Рон... ну, ти ж знаєш Рона.

ГАРРІ *кладе на* АЛБУСОВЕ *ліжко любовне зілля.*

Я також... це від мене...

Він простягає маленьку ковдрочку. ДЖІНІ *дивиться на неї... бачить, що* ГАРРІ *намагається зробити, і тихенько виходить.*

АЛБУС

Стара ковдра?

ГАРРІ

Я довго думав, що подарувати тобі цього року. Джеймс... ну, Джеймс мало не від народження мріяв про плащ-невидимку, а Лілі... я знав, що вона в захваті від крил... а ось ти. Тобі вже чотирнадцять, Албусе, і я хотів би подарувати тобі щось таке, що... має велике значення. Це... остання річ, яка залишилася у мене від моєї мами. Єдина річ. Я був загорнутий у цю ковдрочку, коли мене віддали Дурслям. Я думав, що вона пропала, але тоді... коли померла тітка Петунія, Дадлі якимось дивом знайшов цю ковдрочку серед її речей… і люб'язно прислав її мені. І відтоді… ну, щоразу, коли я хотів, щоб мені пощастило, я витягав її, щоб просто потримати. Отож я й подумав: може, ти…

АЛБУС

…захочу теж її потримати? Гаразд. Домовились. Будемо сподіватися, що це принесе мені удачу. Я б від неї не відмовився.

Він торкається ковдрочки.

Але нехай вона буде в тебе.

ГАРРІ

Я думаю… вірю… що Петунія зберігала її саме для мене, але тепер я хотів би передати її тобі. Я фактично не знав своєї матері… але мені здається, що вона теж хотіла б, щоб ти дістав цю ковдрочку. А тоді, можливо, я розшукав би тебе… і її… на Гелловін. Хотів би бути з нею у ніч, коли вони померли… і це було б добре для нас обох…

АЛБУС

Послухай, мені ще треба пакуватися, а в тебе на голові, мабуть, ціла купа міністерських справ, тому…

ГАРРІ

Албусе, я хочу, щоб ця ковдрочка була в тебе.

АЛБУС

А що я маю з нею робити? Крильця феї мають, принаймні, якийсь сенс, тату, плащ-невидимка теж… але це… ну, справді?

ГАРРІ це дуже засмучує. Він дивиться на сина, розпачливо намагаючись знайти з ним спільну мову.

ГАРРІ

Хочеш, щоб я допоміг? Пакуватися. Я завжди це любив. Бо це означало, що я залишаю Прівіт-драйв і повертаюся в Гоґвортс. І це було… ну, я розумію, що тобі там не подобається, але…

АЛБУС

Для тебе це найкраще місце в світі. Я знаю. Бідолашний сирітка, якого мучать дядько й тітка Дурслі...

ГАРРІ

Албусе, прошу тебе... чи не могли б ми просто...

АЛБУС

...і дістає двоюрідний брат Дадлі, знаходить порятунок у Гоґвортсі. Я це все знаю, тату. Бла-бла-бла.

ГАРРІ

Мене цим не виведеш з рівноваги, Албусе Поттере.

АЛБУС

Бідолашний сирітка, що вирішив нас усіх порятувати від імені, так би мовити, цілої чаклунської громади. Ах, які ми вдячні за цей героїзм. Мусимо вклонитися до землі чи вистачить реверансу?

ГАРРІ

Албусе, прошу... ти ж знаєш, що я ніколи не потребував подяк.

АЛБУС

Але мене зараз переповнює вдячність... мабуть, це на мене вплинула ця запліснявіла ковдрочка, яку ти так люб'язно подарував...

ГАРРІ

Заплісняніла ковдрочка?

АЛБУС

А що, ти думав, мало б статися? Ми обійнялися б. Я сказав би, що завжди тебе любив. Що? Що?!

ГАРРІ *(втрачаючи нарешті терпець)*

Знаєш, що? З мене вже досить відчувати відповідальність за твої проблеми. У тебе, принаймні, є тато. А в мене його не було, ясно?

АЛБУС

І ти гадаєш, що тобі не пощастило? Я так не думаю.

ГАРРІ

Хочеш моєї смерті?

АЛБУС

Ні! Просто не хочу, щоб ти був моїм татом.

ГАРРІ *(побагровівши)*

Ну, я теж іноді волів би, щоб ти не був моїм сином.

Западає тиша. АЛБУС *киває. Пауза.* ГАРРІ *усвідомлює, що він сказав.*

Ні, я не це мав на увазі...

АЛБУС

Так. Саме це.

ГАРРІ

Албусе, ти просто добре знаєш, як вивести мене з рівноваги...

АЛБУС

Ти все сказав, тату. І, якщо чесно, я тебе не звинувачую.

Жахлива мовчанка.

А тепер, мабуть, залиш мене самого.

ГАРРІ

Албусе, прошу тебе...

АЛБУС *бере ковдрочку і жбурляє її. Вона зачіпає Ронове любовне зілля, воно виливається на ковдрочку й на ліжко, від чого ті починають диміти.*

АЛБУС

З любов'ю, я бачу, мені вже не пощастить.

АЛБУС *вибігає з кімнати.* ГАРРІ *кидається за ним услід.*

ГАРРІ

Албусе. Албусе... прошу тебе...

ДІЯ ПЕРША ☽ СЦЕНА 8

СОН, ХАЛУПА НА СКЕЛІ

Чути ВАЖКИЙ УДАР. Тоді ЖАХЛИВИЙ ХРУСКІТ. ДАДЛІ ДУРСЛІ, ТІТКА ПЕТУНІЯ *і* ДЯДЬКО ВЕРНОН *ховаються за ліжком.*

ДАДЛІ ДУРСЛІ
Мамо, мені це не подобається.

ТІТКА ПЕТУНІЯ
Я знала, що не треба було сюди приходити. Верноне. Верноне. Тут нема де сховатися. Навіть маяк не врятує — він занадто близько!

І знову ВАЖКИЙ УДАР.

ДЯДЬКО ВЕРНОН
Тримайтеся. Тримайтеся. Хай би що то було, воно сюди не поткнеться.

ТІТКА ПЕТУНІЯ
Ми прокляті! Він нас прокляв! Той хлопець! (*Дивиться на* ЮНОГО ГАРРІ.) Це все через тебе. Забирайся геть.

ЮНИЙ ГАРРІ *здригається, коли* ДЯДЬКО ВЕРНОН *здіймає рушницю.*

ДЯДЬКО ВЕРНОН
Хто б ти не був — попереджаю: я озброєний.

Чути СТРАШЕННИЙ ГУРКІТ. Двері зриваються з завісів і падають. На порозі стоїть ГЕҐРІД. *Дивиться на них усіх.*

ГЕҐРІД

Чи не загріти нам трохи чайочку, га? Дорога була тєжка.

ДАДЛІ ДУРСЛІ

Гляньте. На. Нього.

ДЯДЬКО ВЕРНОН

Назад. Назад. Ховайся за мною, Петуніє. І ти, Дадлі, теж. Я зараз вижену геть це страхопудало.

ГЕҐРІД

Страхо-що? *(Він вириває в* **ДЯДЬКА ВЕРНОНА** *з рук рушницю.)* Давненько вже таке не видів. *(Скручує дуло рушниці й зав'язує у вузол.)* Ось так файніше. *(І тут він відволікається, бо бачить* ЮНОГО ГАРРІ.*)* Гаррі Поттер.

ЮНИЙ ГАРРІ

Привіт.

ГЕҐРІД

Востаннє, коли тебе видів, ти був немовлєтком. Схожий на татка, але очі мамині.

ЮНИЙ ГАРРІ

Ви знали моїх батьків?

ГЕҐРІД

Йой, та шо ж я собі гадаю? Вітаю тебе з іменинами. Маю тут шось для тебе — я си трохи його притовк, але смакує файно.

Із внутрішньої кишені плаща він дістає трохи придушений шоколадний торт, на якому виведено зеленим кремом: «З днем народження, Гаррі!»

ЮНИЙ ГАРРІ

Хто ви?

ГЕҐРІД *(усміхається)*

Справді, я й не назвався. Рубеус Геґрід, ключник і охоронець дичини у Гоґвортсі. *(Озирається довкола.)* То як там чайочок, га? Можна й чогось міцнішого, якщо маєте.

ЮНИЙ ГАРРІ

У Гоґ-чому?

ГЕҐРІД

Гоґвортсі. Ти ж, певно, все знаєш про Гоґвортс.

ЮНИЙ ГАРРІ

Е-е... ні. Вибачте.

ГЕҐРІД

Вибачте? Це ось *цим* треба вибачатися! Я знав, що ти не отримуєш листів, але — хай його шляк трафить — і в гадці не мав, що ти нічогісінько не будеш знати про Гоґвортс! Тебе ніколи не цікавило, де твої батьки *цього* навчилися?

ЮНИЙ ГАРРІ

Чого «цього»?

ГЕҐРІД *загрозливо повертається до* ДЯДЬКА ВЕРНОНА.

ГЕҐРІД

Ви хочете сказати, шо сей хлопець... сей хлопець... не знає нічого про... не знає НІЧОГО?!

ДЯДЬКО ВЕРНОН

Я вам забороняю казати що-небудь хлопцеві!

ЮНИЙ ГАРРІ

Казати що?

ГЕҐРІД *дивиться на* ДЯДЬКА ВЕРНОНА, *а тоді на* ЮНОГО ГАРРІ.

ГЕҐРІД

Гаррі... ти чарівник... ти всьо змінив. Ти найславніший чарівник у всьому світі.

І тут з глибини кімнати долинає сичання, яке виразно чують усі присутні, слова, що їх шепоче голос, якого не сплутати з жодним іншим. Голос ВОЛДЕМОРТА...

Гааааарррі Потттттер...

ДІМ ГАРРІ І ДЖІНІ ПОТТЕРІВ, СПАЛЬНЯ

ГАРРІ *раптово прокидається. Важко дихає в пітьмі.*
Чекає якусь мить. Заспокоює себе. І враз відчуває ней-
мовірний біль у чолі. У шрамі. Довкола нього вирує Темна Магія.

ДЖІНІ
Гаррі...

ГАРРІ
Усе гаразд. Спи.

ДЖІНІ
Лумос.

Кімната заповнюється світлом з її чарівної палички.
ГАРРІ *дивиться на* ДЖІНІ.

Кошмарний сон?

ГАРРІ
Так.

ДЖІНІ
Про що?

ГАРРІ
Про Дурслів... ну, принаймні, спочатку... а тоді про щось
інше.

Пауза. ДЖІНІ *дивиться на нього, намагаючись зро-*
зуміти, про що йдеться.

ДЖІНІ

Хочеш сонне зілля?

ГАРРІ

Ні. Зі мною все гаразд. Лягай спати.

ДЖІНІ

У тебе поганий вигляд.

ГАРРІ *нічого не каже.*

(Відчуваючи його збентеження.) Я знаю, що тобі було нелегко... з Амосом Діґорі.

ГАРРІ

Я розумію його гнів, але набагато важче змиритися з тим, що він каже правду. Амос через мене втратив сина...

ДЖІНІ

Це не дуже справедливо щодо тебе...

ГАРРІ

...і мені нічого відповісти... нічого сказати будь-кому... хіба що вводити в оману.

ДЖІНІ *розуміє, на що... чи радше на кого... він натякає.*

ДЖІНІ

То ось що тебе турбує? Остання ніч перед Гоґвортсом ніколи не буває доброю, якщо не хочеш там бути. Ти дав Алові ковдрочку. Це був гарний жест.

ГАРРІ

Але все закінчилося дуже погано. Я сказав дещо, Джіні...

ДЖІНІ

Я чула.

ГАРРІ

І ти після цього усе ще зі мною розмовляєш?

ДЖІНІ

Бо я знаю, що ти вибачишся, коли настане слушний

момент. Що ти не мав цього на увазі. Що ці твої слова приховували... щось інше. Ти можеш бути відвертим з ним, Гаррі... це все, що йому потрібно.

ГАРРІ

Я просто хотів би, щоб він був такий, як Джеймс або Лілі.

ДЖІНІ *(сухо)*

Так, можливо, тобі не варто бути занадто відвертим.

ГАРРІ

Та ні, я нічого не хотів би в ньому міняти... просто їх я розумію, а...

ДЖІНІ

Албус інакший, і в цьому немає нічого поганого. І він бачить... знаєш... коли ти вбираєш маску Гаррі Поттера. А він хоче бачити тебе справжнього.

ГАРРІ

«Правда — це прекрасна і страшна річ, тож до неї треба ставитися з великою обережністю».

ДЖІНІ *здивовано дивиться на нього.*

Дамблдор.

ДЖІНІ

Дивно таке говорити дитині.

ГАРРІ

Не тоді, коли віриш у те, що ця дитина мусить померти задля порятунку світу.

ГАРРІ *знову мало не зойкає, докладаючи неймовірних зусиль, щоб не торкатися чола.*

ДЖІНІ

Гаррі. Що з тобою?

ГАРРІ

Добре. Все добре. Я тебе чую. Я спробую бути...

ДЖІНІ

Болить твій шрам?

ГАРРІ

Ні. Ні. Все нормально. Кажи вже «Нокс» і спробуємо заснути.

ДЖІНІ

Гаррі. Скільки вже минуло відтоді, коли він болів востаннє?

ГАРРІ *повертається до* ДЖІНІ *з промовистим виразом обличчя.*

ГАРРІ

Двадцять два роки.

ДІЯ ПЕРША 🌙 СЦЕНА 10

ГОҐВОРТСЬКИЙ ЕКСПРЕС

АЛБУС *стрімко крокує вагоном.*

РОУЗ
Албусе, я тебе шукала...

АЛБУС
Мене? Чому?

> **РОУЗ** *не певна, як сформулювати те, що вона має сказати.*

РОУЗ
Албусе, починається четвертий навчальний рік, новий для нас рік. Я хочу знову бути твоєю приятелькою.

АЛБУС
А ми ніколи й не приятелювали.

РОУЗ
Чому ти так! Коли мені було шість років, ти був моїм найкращим другом!

АЛБУС
Це було дуже давно.

> *Він намагається йти далі, але вона затягує його в порожнє купе.*

РОУЗ
Ти чув, про що всі говорять? Кілька днів тому міністерство провело велику облаву. Твій тато продемонстрував неймовірну відвагу.

АЛБУС

Яким це чином ти завжди довідуєшся про такі речі, а я ні?

РОУЗ

Здається, що він... той чаклун, якого шукали... здається, Теодор Нот... приховував цілу купу заборонених законом речей, включно з... а це вже їх усіх серйозно збентежило... з нелегальним часоворотом. Причому дуже високої якості.

АЛБУС дивиться на РОУЗ і бачить, як усе стає на свої місця.

АЛБУС

Часоворот? Мій тато знайшов часоворот?

РОУЗ

Тсс! Так. Я знаю. Супер, правда?

АЛБУС

І ти в цьому певна?

РОУЗ

Абсолютно.

АЛБУС

Я мушу знайти Скорпія.

Він рушає далі вагоном. РОУЗ іде слідом, рішуче налаштована сказати все до кінця.

РОУЗ

Албусе!

АЛБУС рвучко повертається.

АЛБУС

Хто тобі порадив поговорити зі мною?

РОУЗ *(підстрибує з несподіванки)*

Ну, мабуть, твоя мама вислала сову моєму татові... але тільки тому, що вона стурбована твоєю поведінкою. І я просто думаю...

АЛБУС

Залиш мене в спокої, Роуз.

СКОРПІЙ сидить у звичному своєму купе. АЛБУС заходить туди перший, а РОУЗ услід за ним, неначе приклеєна.

СКОРПІЙ

Албусе! О, привіт Роуз, чим це від тебе відгонить?

РОУЗ

Чим від мене *відгонить?*

СКОРПІЙ

Та ні, я в доброму розумінні. Від тебе пахне міксом свіжих квітів і свіжого... хліба.

РОУЗ

Албусе, я тут, добре? Якщо я буду тобі потрібна.

СКОРПІЙ

Тобто добрий, запашний хліб... ну, що поганого в хлібі?

РОУЗ виходить, похитуючи головою.

РОУЗ

Що поганого в хлібі?!

АЛБУС

Я скрізь тебе шукав...

СКОРПІЙ

І ось ти мене знайшов. Та-да! Хоч я й ніде не ховався. Ти ж знаєш, що я люблю... сідати в поїзд першим. Ніхто тоді не зирить на мене. Не ображає. Не пише на моїй валізі «Волдемортів синочок». Їм це ніколи не набридає. А їй я справді не подобаюсь, так?

АЛБУС обіймає приятеля. Дуже міцно. І не відпускає якийсь час. СКОРПІЯ це дивує.

О'кей. Алло. Гм... Ми вже обіймалися раніше? Ми ж обіймаємося, га?

Хлопці незграбно вивільняються з обіймів.

АЛБУС

Просто остання доба була трохи дивна.

СКОРПІЙ

А що сталося?

АЛБУС

Поясню пізніше. Мусимо зійти з поїзда.

Здалека долинають свистки. Поїзд починає рухатись.

СКОРПІЙ

Запізно. Поїзд уже їде. Попереду Гоґвортс!

АЛБУС

Тоді мусимо вискочити з поїзда на ходу.

ВІДЬМА З ВІЗОЧКОМ

Хочете чимсь поласувати, дорогенькі?

АЛБУС *відчиняє вікно й налаштовується вилізати з купе.*

СКОРПІЙ

На ходу з магічного поїзда?

ВІДЬМА З ВІЗОЧКОМ

Гарбузові пиріжки! Тістечка-казаночки!

СКОРПІЙ

Албусе Северусе Поттере, що за дивний погляд у твоїх очах, отямся.

АЛБУС

Перше питання. Що ти знаєш про Тричаклунський турнір?

СКОРПІЙ *(втішено)*

О-о-о, вікторина! Три школи обирають трьох чемпіонів, які змагаються, виконуючи три завдання під час одного Кубка. А до чого це все?

АЛБУС

Ти просто чокнутий вундеркінд, ти це знаєш?

СКОРПІЙ

Угу.

АЛБУС

Друге питання. Чому в останні двадцять років не відбуваються Тричаклунські турніри?

СКОРПІЙ

В останньому турнірі брали участь твій тато і хлопець на ім'я Седрик Діґорі... вони вирішили виграти змагання разом, але Кубок виявився летиключем... і їх перенесло до Волдеморта. Седрика вбили. І після цього турнір скасували.

АЛБУС

Добре. Третє питання. Чи обов'язково було вбивати Седрика? Легке питання й легка відповідь: ні. Волдеморт тоді сказав: «Убий зайвого». Зайвого. Він помер лише тому, що був з моїм батьком, і батько не зміг його врятувати... а ми можемо. Це була помилка, яку ми виправимо. Для цього скористаємось часоворотом. І повернемо назад Седрика.

СКОРПІЙ

Албусе, зі зрозумілих причин я не належу до завзятих прихильників часоворотів...

АЛБУС

Коли Амос Діґорі запитав про часоворот, батько сказав, що їх не існує. Він збрехав тому старому, який просто хотів повернути назад сина... який просто любив свого сина. І батько це зробив, бо йому було начхати... йому й зараз начхати. Усі розповідають про те, які відважні речі вчинив мій татусь. Але він припускався й помилок. Причому дуже серйозних помилок. Я хочу виправити одну з них. Хочу, щоб ми врятували Седрика.

СКОРПІЙ

Ясно, я бачу, що все те, завдяки чому твій мозок справно функціонував і тримався купи, луснуло, як мильна бульбашка.

АЛБУС

Я зроблю це, Скорпію. Мушу зробити. І ти знаєш не гірше за мене, що я все зіпсую, якщо ти не підеш зі мною. Ходімо.

Він сміється. А тоді просто зникає. СКОРПІЙ *якусь мить вагається. Кривить обличчя. А відтак встає і зникає услід за* АЛБУСОМ.

ДІЯ ПЕРША ✎ СЦЕНА 11

ГОҐВОРТСЬКИЙ ЕКСПРЕС, ДАХ

Довкола свистить вітер, і то лютий вітер.

СКОРПІЙ

Ну, ось, ми вже на даху поїзда, тут страшнувато, бо він стрімко мчить, але все було чудово, я щось зрозумів про самого себе, щось про тебе, але...

АЛБУС

За моїми підрахунками невдовзі буде віадук, а звідти вже недалеко пішки до притулку святого Освальда для старих відьом і чаклунів...

СКОРПІЙ

Що? Куди? Послухай, мені не менш за тебе цікаво вперше в житті збунтуватися... гей-гей... дах поїзда... розвага... але тепер... ох.

    СКОРПІЙ *бачить щось таке, чого волів би не бачити.*

АЛБУС

Вода нам дуже допоможе, якщо не спрацює закляття «подушка».

СКОРПІЙ

Албусе. Відьма з візочком.

АЛБУС

Ти хочеш щось перекусити на дорогу?

СКОРПІЙ

Ні. Албусе. Сюди йде Відьма з візочком.

АЛБУС

Ні, цього не може бути, ми ж на даху поїзда...

СКОРПІЙ *показує на неї* **АЛБУСУ**, *і той тепер теж бачить* **ВІДЬМУ З ВІЗОЧКОМ**, *яка безтурботно прямує до них, штовхаючи перед собою візочок.*

ВІДЬМА З ВІЗОЧКОМ

Хочете чимсь поласувати, дорогенькі? Гарбузовими пиріжками? Шоколадними жабками? Тістечками-казаночками?

АЛБУС

Ох!

ВІДЬМА З ВІЗОЧКОМ

Люди мало що про мене знають. Купують мої тістечка-казаночки, а мене майже не помічають. Я вже й не пам'ятаю, коли хтось цікавився, як мене звати.

АЛБУС

А як вас звати?

ВІДЬМА З ВІЗОЧКОМ

Я забула. Пам'ятаю тільки, що коли стартував перший Гоґвортський експрес, сама Отталіна Ґембол запропонувала мені цю роботу...

СКОРПІЙ

Це ж було... сто дев'яносто років тому. Ви тут працюєте вже сто дев'яносто років?

ВІДЬМА З ВІЗОЧКОМ

Ці руки спекли понад шість мільйонів гарбузових пиріжків. Вони в мене чудово вдаються. Але ніхто не помічає, як легко ці гарбузові пиріжки перетворюються на щось інше...

Вона бере один гарбузовий пиріжок. Тоді жбурляє його, наче гранату. Пиріжок вибухає.

І ви ніколи в житті не повірите, що я можу робити з шоколадними жабками. Ніколи-ніколи. Я ще нікому не дозволила зійти з поїзда, перш ніж він прибуде у пункт призначення. Дехто намагався це зробити — Сіріус Блек зі своїми дружками, Фред і Джордж Візлі. АЛЕ НІКОМУ ЦЕ НЕ ВДАЛОСЯ. АДЖЕ ЦЕЙ ПОЇЗД НЕ ЛЮБИТЬ, КОЛИ ХТОСЬ НАМІРЯЄТЬСЯ З НЬОГО ЗІЙТИ...

Руки ВІДЬМИ З ВІЗОЧКОМ *обертаються на гострющі шипи. Вона посміхається.*

Тому я прошу вас зайняти свої місця і продовжити подорож.

АЛБУС

Ти був правий, Скорпію. Цей поїзд магічний.

СКОРПІЙ

Але саме тепер я не маю особливої втіхи від того, що був правий.

АЛБУС

Але я теж був правий... стосовно віадука... там, унизу, вода: чудова нагода випробувати закляття «подушка».

СКОРПІЙ

Албусе, це нехороша думка.

АЛБУС

Справді? *(якусь мить він вагається, а тоді розуміє, що час для вагань минає.)* Уже запізно. Три. Два. Один. Мольяре!

Вигукує закляття і стрибає.

СКОРПІЙ

Албусе... Албусе...

Розпачливо дивиться вслід приятелю. Тоді на ВІДЬМУ З ВІЗОЧКОМ, *що насувається. Її волосся розкуйовджене. Шипи здаються ще гострішими.*

Ну, хоч ви й маєте доволі цікавий вигляд, та я все ж мушу наздоганяти друга.

Затискає носа і стрибає вслід за АЛБУСОМ, *вигукуючи закляття.*

Мольяре!

ДІЯ ПЕРША ☽ СЦЕНА 12

МІНІСТЕРСТВО МАГІЇ, ҐРАНД КОНФЕРЕНЦ-ЗАЛ

Сцена заповнена чаклунами й чарівницями. Вони безнастанно про щось гомонять, здіймаючи типовий для справжніх відьом і відьмаків галас. Серед них можна побачити ДЖІНІ, ДРАКО *і* РОНА. *Угорі, на підвищенні,* ГЕРМІОНА *і* ГАРРІ.

ГЕРМІОНА

Тихо. Тихо. Мені що, вичаклувати тишу? *(Вона втихомирює юрбу з допомогою чарівної палички.)* Добре. Вітаємо вас на наших Надзвичайних загальних зборах. Я дуже рада, що прийшло так багато людей. Чимало часу чарівницька громада жила в мирі і спокої. Минуло двадцять два роки, відколи ми здолали Волдеморта у битві за Гоґвортс, і я дуже рада, що виросло вже ціле покоління чарівників, яким незнайомі серйозні конфлікти. Так було досі. Гаррі?

ГАРРІ

Ось уже кілька місяців ми помічаємо, як активізувалися Волдемортові спільники. Ми простежили, як пересуваються Європою тролі, а велетні починають перетинати моря, тоді як вовкулаки... ну, тут я мушу з сумом повідомити, що кілька тижнів тому ми втратили будь-які їхні сліди. Нам невідомо, куди вони йдуть і хто їх до цього спонукає... але ми свідомі того, що цей рух відбувається, і стурбовані, що б це мало означати. Тому ми вас запитуємо... чи хтось щось таке помічав? Щось відчував?

Можете підіймати чарівні палички, і ми всім вам дамо слово. Професорко Макґонеґел... дякую вам.

ПРОФЕСОРКА МАКҐОНЕҐЕЛ

Повернувшись з літніх канікул, ми зауважили, що хтось втручався в асортимент крамничок з зіллями й настійками, але там бракувало тільки деяких складників, таких як бумсленґова шкіра і мереживокрилі мушки, тобто не зникло нічого з реєстру для службового користування. Ми припустили, що це витівки Півза.

ГЕРМІОНА

Дякую вам, пані професорко. Ми проведемо розслідування. *(Вона озирається довкола.)* Більше нікого? Добре, тоді... найсерйозніша річ... а цього не траплялося з часів Волдеморта... у Гаррі знову заболів шрам.

ДРАКО

Волдеморт мертвий, його немає.

ГЕРМІОНА

Так, Драко, Волдеморт мертвий, але всі ці речі спонукають нас замислитися про ймовірність повернення Волдеморта... або якоїсь Волдемортової частки...

Усі вражено реагують на ці слова.

ГАРРІ

Тепер ми мусимо звернутися до вас з непростим запитанням, щоб виключити будь-які несподіванки. Ті з вас, хто має Чорну мітку... чи ви щось відчували? Хоч якусь судому чи спазм?

ДРАКО

Знову маємо упередження проти тих, хто з Чорною міткою, так, Поттере?

ГЕРМІОНА

Ні, Драко. Гаррі просто намагається...

ДРАКО

Знаєте, про що йдеться? Гаррі просто хоче знову бачити своє обличчя на газетних шпальтах. «Щоденний віщун» практично щороку публікує плітки про повернення Волдеморта...

ГАРРІ

Я ніколи не розпускав подібних пліток!

ДРАКО

Справді? А хіба не твоя дружина редагує «Щоденний віщун»?

ДЖІНІ *обурено підступає до нього.*

ДЖІНІ

Лише спортивні сторінки!

ГЕРМІОНА

Драко, Гаррі довів цю справу до відома міністерства... а я як міністр магії...

ДРАКО

За тебе проголосували тільки тому, що ти його приятелька.

ДЖІНІ *ледве стримує* РОНА, *який от-от кинеться на* ДРАКО.

РОН

Хочеш отримати по пиці?

ДРАКО

Визнайте — його слава на вас впливає. Бо як інакше домогтися, щоб усі шепотіли Поттерове ім'я, як не почати стогнати *(він перекривлює* ГАРРІ*)* «мій шрамик болить, мій шрамик болить». І знаєте, чим усе це закінчиться? Тим, що пліткарі знову отримають нагоду паплюжити мого сина, розпускаючи ідіотські чутки про його походження.

ГАРРІ

Драко, ніхто ж не каже, що все це стосується Скорпія...

ДРАКО

Ну, але я, принаймні, вважаю ці збори фікцією. І — покидаю їх.

Виходить. Услід за ним починають розходитися й інші.

ГЕРМІОНА

Ні. Так не можна... повертайтеся. Нам треба виробити стратегію.

ДІЯ ПЕРША 🌙 СЦЕНА 13

ПРИТУЛОК СВЯТОГО ОСВАЛЬДА ДЛЯ СТАРИХ ВІДЬОМ І ЧАКЛУНІВ

Хаос. Магія. Це притулок святого Освальда для старих відьом і чаклунів. Якої тільки дивини тут не побачиш!

Тут оживають опори-ходунки, хаотично вичакловується в'язальна вовна, а санітарів змушують танцювати танго.

Усі ці люди звільнені від тягаря займатися магією лише з певною метою... Вони роблять це для втіхи. І що то за втіха!

АЛБУС і СКОРПІЙ заходять і роззираються довкола — здивовано і, ніде правди діти, трохи перелякано.

АЛБУС і СКОРПІЙ
Е-е... просимо вибачити... Вибачте. ВИБАЧТЕ!

СКОРПІЙ
Ну, ясно, тут справжній дурдом.

АЛБУС
Ми шукаємо Амоса Діґорі.

Зненацька все стихає. Усі довкола застигають на місці з дещо сумовитими обличчями.

ЖІНКА З ВОВНОЮ
І що ж вам, хлопці, потрібно від того нещасного старого йолопа?

З'являється усміхнена ДЕЛЬФІ.

ДЕЛЬФІ
Албусе? Албусе! Ти прийшов? Як чудово! Ходи-но привітайся з Амосом!

ДІЯ ПЕРША 🌙 СЦЕНА 14

ПРИТУЛОК СВЯТОГО ОСВАЛЬДА
ДЛЯ СТАРИХ ВІДЬОМ І ЧАКЛУНІВ, ПАЛАТА АМОСА

АМОС *роздратовано дивиться на* СКОРПІЯ *і* АЛБУСА. ДЕЛЬФІ *спостерігає за ними трьома.*

АМОС

Отже, я хочу внести ясність. Ти підслухав розмову... яку не мав би підслуховувати... і вирішив, ні в кого про це не спитавши... фактично, без дозволу... втрутитися, рішуче втрутитися не в свої справи.

АЛБУС

Мій батько вам збрехав... і я це знаю... часоворот у них.

АМОС

Звісно, що в них. А тепер можете забиратися звідси.

АЛБУС

Що? Ні. Ми хочемо допомогти.

АМОС

Допомогти? А яка мені може бути користь від двох недо-ростків?

АЛБУС

Мій батько довів, що не обов'язково бути дорослим, щоб змінити чарівницький світ.

АМОС

То я маю дозволити тобі втрутитися лише тому, що ти Поттер? Чи не занадто ти покладаєшся на своє відоме прізвище?

АЛБУС

Ні.

АМОС

Поттер, який опинився в слизеринському гуртожитку... так, я читав про тебе... і який приводить до мене Мелфоя... Мелфоя, який може виявитись Волдемортом! Звідки мені знати, що ви не пов'язані з Темною магією?

АЛБУС

Але ж...

АМОС

Ваша інформація була вже мені відома, хоч зайве підтвердження й не зашкодить. Твій батько збрехав. А тепер забирайтеся. Обидва. І не марнуйте мого часу.

АЛБУС (*рішуче й наполегливо*)

Ні, ви мусите вислухати мене, ви ж самі казали, скільки крові на руках мого батька. Дозвольте мені вам допомогти. Дозвольте виправити одну з його помилок. Повірте мені.

АМОС (*роздратовано*)

Ти що, не чув мене, хлопче? Не маю жодних підстав тобі довіряти. Забирайтеся. Вже. Бо я вас змушу це зробити.

Він погрозливо піднімає чарівну паличку. АЛБУС *дивиться на паличку... він спустошений...* АМОС *його приголомшив.*

СКОРПІЙ

Пішли, друже. Принаймні в цьому нам нема рівних — знати, де ми небажані.

АЛБУС *явно не хоче йти.* СКОРПІЙ *смикає його за руку.* АЛБУС *обертається і вони рушають до виходу.*

ДЕЛЬФІ

Мені здається, дядечку, що є, принаймні, одна причина, щоб ви могли їм повірити.

Вони зупиняються.

Вони єдині, хто добровільно зголосився допомогти. Хлопці готові ризикувати своїм життям, щоб повернути вам сина. Я впевнена, що вони пішли на чималий ризик уже навіть для того, щоб дістатися сюди...

АМОС

Мова була про Седрика...

ДЕЛЬФІ

А ще... хіба ж ви самі не казали, що... мати когось у Гоґвортсі було б *надзвичайно* корисно?

> **ДЕЛЬФІ** *цілує* **АМОСА** *в потилицю.* **АМОС** *дивиться на* **ДЕЛЬФІ,** *а тоді знову на хлопців.*

АМОС

Чому? Чому ви наражаєте себе на ризик? Яка вам з цього користь?

АЛБУС

Я знаю, що таке бути зайвим. Ваш син не заслуговував смерті, містере Діґорі. Ми можемо допомогти вам повернути його.

АМОС *(проявляючи нарешті свої емоції)*

Мій син... мій син — це найкраще, що я мав у житті... і ви маєте рацію, що це було несправедливо... страшенно несправедливо... якщо ви це серйозно...

АЛБУС

Серйозніше не буває.

АМОС

Це буде небезпечно.

АЛБУС

Ми знаємо.

СКОРПІЙ

Справді?

АМОС
Дельфі... ти була б готова їх супроводжувати?

ДЕЛЬФІ
Якщо це принесе вам радість, дядечку.

Вона дарує усмішку АЛБУСОВІ, *той теж усміхається у відповідь.*

АМОС
Ви розумієте, що ризикуєте своїм життям, навіть намагаючись здобути часоворот?

АЛБУС
Ми готові ризикувати життям.

СКОРПІЙ
Справді?

АМОС *(похмуро)*
Маю надію, що так воно і є.

ДІЯ ПЕРША ❧ СЦЕНА 15

ДІМ ГАРРІ ТА ДЖІНІ ПОТТЕРІВ, КУХНЯ

ГАРРІ, РОН, ГЕРМІОНА *і* ДЖІНІ *сидять за обіднім столом.*

ГЕРМІОНА

Я вже багато разів казала Драко... ніхто в міністерстві навіть не згадує про Скорпія. Чутки розходяться зовсім не від нас.

ДЖІНІ

Я написала йому... після того, як він втратив Асторію... й запитала, чим би ми могли бути корисними. Я подумала, що, може, Скорпій... адже він так заприятелював з Албусом... що Скорпій міг би приїхати до нас на різдвяні канікули абощо... Моя сова повернулася з листом, у якому було одне речення: «Скажи своєму чоловікові, щоб він раз і назавжди спростував усі голослівні твердження про мого сина».

ГЕРМІОНА

Це в нього якась нав'язлива ідея.

ДЖІНІ

Він у жахливому стані... сумує за дружиною і не знаходить собі місця.

РОН

Я співчуваю йому, але коли він починає звинувачувати Герміону в тому, що... ну... *(він дивиться на* ГАРРІ*)* Егей, чого похнюпився? Може, це все не варте й дірки з бублика. Я постійно їй кажу не бігати з цим, як курка з яйцем.

ГЕРМІОНА

Їй?

РОН

Тролі могли собі помандрувати на якусь вечірку, велетні — на чиєсь весілля, тобі сняться кошмари, бо ти хвилюєшся за Албуса, а біль у шрамі — це просто старечі болячки.

ГАРРІ

Старечі болячки? Ну, дякую.

РОН

Серйозно, ось я, коли сідаю, то постійно тепер стогну: о-о-х... Та й взагалі, мої ноги... маю з ними такий клопіт... я міг би вже в піснях оспівувати ту муку, якої вони мені завдають... можливо, з твоїм шрамом теж відбувається щось подібне.

ДЖІНІ

Що за дурниці ти плетеш?

РОН

Бо це моя фішка. Це, а також «Спецхарчування для спец-сачкування». Ну, і ще моя безмежна любов до всіх вас. Навіть до Джіні-з-прищем-на-коліні.

ДЖІНІ

Рональде Візлі, якщо будеш нечемним, я скажу мамі.

РОН

Ой-ой, не треба.

ГЕРМІОНА

Якщо хоч якась часточка Волдеморта вціліла, у будь-якому вигляді, нам треба бути напоготові. І мене це лякає.

ДЖІНІ

Мене теж.

РОН

А я нічого не боюся. Крім мами.

ГЕРМІОНА

Я не жартую, Гаррі, і не буду поводитись за таких обставин, як Корнеліус Фадж. Я не ховатиму голову в пісок. І мені начхати на те, що скаже про мене Драко Мелфой, і чи я втрачу повагу в його очах.

РОН

Тим паче, що ти ніколи й не прагнула дешевої популярності, правда?

ГЕРМІОНА спопеляє РОНА нищівним поглядом, намагаючись його вдарити, але РОН вчасно відскакує вбік.

Промазала.

ДЖІНІ б'є РОНА. РОН кривиться.

Влучила. Прямо в ціль.

Зненацька в кімнаті з'являється сова. Вона пікірує вниз і кидає листа на тарілку Гаррі.

ГЕРМІОНА

Трохи запізно для сови, га?

ГАРРІ відкриває листа. У нього здивований вигляд.

ГАРРІ

Це від професорки Макґонеґел.

ДЖІНІ

І що вона пише?

Обличчя ГАРРІ похмурніє.

ГАРРІ

Джіні, це про Албуса… Албуса і Скорпія… вони не з'явилися в школі. Вони зникли!

ДІЯ ПЕРША 🌙 СЦЕНА 16

ВАЙТХОЛЛ, ПІДВАЛ

СКОРПІЙ *дивиться скоса на пляшку.*

СКОРПІЙ

То ми просто візьмемо її?

АЛБУС

Скорпію, невже мені треба пояснювати тобі — супер-вундеркінду і фахівцю з настійок — як діє багатозілька? Дельфі все так чудово підготувала, що нам залишається тільки випити цю настійку, перетворитися на когось іншого і отак замасковано проникнути в Міністерство магії.

СКОРПІЙ

О'кей, два запитання. Перше: це боляче?

ДЕЛЬФІ

Дуже... наскільки мені відомо.

СКОРПІЙ

Дякую. Добре знати заздалегідь. Друге запитання: хтось із вас знає, яка ця багатозілька на смак? Бо я чув, що від неї відгонить рибою, і якщо це правда, то я просто її ви-блюю. Риба мені протипоказана. Завжди була. І завжди буде.

ДЕЛЬФІ

Дякую за попередження. (*Вона куштує настійку.*) Ніякого присмаку риби. (*Починає трансформуватися. Це болісний процес.)* По суті, досить приємна на смак, ням-ням. Трохи боляче, але... *(Вона гучно відригує.)* Забираю свої слова назад. Є невеличкий... *(Вона знову відригує й перетворюється на* ГЕРМІОНУ.*)* Невеличкий... нав'язливий... риб'ячий присмак.

АЛБУС

Гаразд, це... ого!

СКОРПІЙ

Подвійне ого!

ДЕЛЬФІ/ГЕРМІОНА

Це справді не відчувається так, як... та в мене вже й голос, як у неї! Потрійне ого!

АЛБУС

Ну, добре. Моя черга.

СКОРПІЙ

Е, ні, куме. Навіть не мрій. Якщо вже взялися за це, то робимо все *(він усміхається, вбираючи дуже знайомі на вигляд окуляри)* разом.

АЛБУС

Три. Два. Один.

Вони ковтають настійку.

А що, нормально *(кривиться від болю)*. Ні, не дуже.

Вони починають міняти зовнішність, і це болісний процес.
АЛБУС *стає* РОНОМ, *а* СКОРПІЙ *обертається на* ГАРРІ. *Мовчки розглядають одне одного.*

АЛБУС/РОН

Трохи дивна ситуація, га?

СКОРПІЙ/ГАРРІ *(драматичним голосом — йому це все починає подобатися)*

Ану йди звідси. До себе в кімнату — марш! Твоя поведінка, сину, не має виправдань, це просто жах!

АЛБУС/РОН *(регоче)*

Скорпію...

СКОРПІЙ/ГАРРІ *(закидаючи на плече мантію)*

Ти ж сам вирішив, що я буду ним, а ти Роном! Я просто хочу трохи розважитися, поки... *(Тут він гучно відригує.)* Ой, яка гидота.

АЛБУС/РОН

А знаєш, він вдало його приховує, але в дядька Рона вже виросло серйозне пузо.

ДЕЛЬФІ/ГЕРМІОНА

Нам пора рухатись — вам так не здається?

Вони опиняються на вулиці. Заходять у телефонну будку. Набирають номер 62442.

ТЕЛЕФОННА БУДКА

Вітаю Гаррі Поттера. Вітаю Герміону Ґрейнджер. Вітаю Рона Візлі.

Вони усміхаються, а телефонна будка зникає під підлогою.

ДІЯ ПЕРША ☽ СЦЕНА 17

МІНІСТЕРСТВО МАГІЇ, КОНФЕРЕНЦ-ЗАЛ

ГАРРІ, ГЕРМІОНА, ДЖІНІ *і* ДРАКО *походжають невеличкою залою.*

ДРАКО

Чи добре обшукали все довкола колії...

ГАРРІ

Мій відділ уже вдруге все прочісує.

ДРАКО

І Відьма з візочком нічого корисного не повідомила?

ГЕРМІОНА

Вона розлючена. Постійно бідкається, що не виправдала сподівань Отталіни Ґембол. Вона ж так пишалася тим, що в неї ніколи не було проблем з доставкою учнів у Гоґвортс.

ДЖІНІ

Може, були якісь повідомлення від маґлів про застосування чарів?

ГЕРМІОНА

Поки що жодного. Я повідомила про все маґлівського прем'єр-міністра, і він розсилає файли про розшуки осіб, які пропали безвісти. Тільки не совами, а електронною поштою.

ДРАКО

То ми тепер маємо покладатися на маґлів у пошуках своїх дітей? Про шрам Гаррі ви теж їх повідомили?

ГЕРМІОНА

Ми просто звертаємося до маґлів по допомогу. Хтозна, наскільки до цього причетний шрам, але ми повинні поставитися до цього з усією серйозністю. Наші аврори вже зондують усіх, хто був пов'язаний з Темною магією, і...

ДРАКО

Це все не стосується смертежерів.

ГЕРМІОНА

Я, чесно кажучи, не поділяю твоєї впевненості...

ДРАКО

Я не просто впевнений, я знаю, що так воно і є. Темною магією займаються зараз останні кретини. Мій син — Мелфой, вони б не наважились.

ГАРРІ

Хіба що з'явилося щось нове, щось таке...

ДЖІНІ

Я погоджуюся з Драко... якщо це викрадення... то з Албусом це ще можна зрозуміти, але з ними двома...

ГАРРІ дивиться на ДЖІНІ, розуміючи, ЩО саме вона хоче почути від нього.

ДРАКО

І попри те, що я намагався втовкмачити Скорпієві, він так і не став лідером, він може лише наслідувати когось. Тому безсумнівно, що саме Албус потяг його за собою з поїзда, але я хотів би знати, куди він його потяг?

ДЖІНІ

Гаррі, вони втекли, ми з тобою це знаємо.

ДРАКО зауважує, що вони дивляться одне одному в очі.

ДРАКО
Справді? Ви знаєте? Що ви від нас приховуєте?

Усі мовчать.

Наполегливо рекомендую вам поділитися тією інформацією, яку ви втаємничуєте.

ГАРРІ
Позавчора я мав суперечку з Албусом.

ДРАКО
І...

ГАРРІ вагається, а потім рішуче дивиться прямо в очі ДРАКО.

ГАРРІ
І я йому сказав, що іноді волів би не мати такого сина, як він.

І знову всі замовкають. Панує напружена тиша. ДРАКО *загрозливо підступає на крок до* ГАРРІ.

ДРАКО
Якщо зі Скорпієм щось трапиться...

ДЖІНІ *стає поміж* ДРАКО *і* ГАРРІ.

ДЖІНІ
Тільки не треба погрожувати, Драко, прошу тебе.

ДРАКО *(кричить)*
Пропав мій син!

ДЖІНІ *(теж кричить)*
Мій теж!

Він зустрічається з нею поглядом. Емоції в кімнаті вибухають.

ДРАКО *(скрививши губу, зовсім, як його батько)*
Якщо вам потрібні гроші... все, що є в Мелфоїв... він мій єдиний спадкоємець... єдиний... вся моя родина.

ГЕРМІОНА
У міністерства достатньо коштів. Дякую тобі, Драко.

ДРАКО *рушає до виходу. Тоді зупиняється. Дивиться на* **ГАРРІ.**

ДРАКО
Мені байдуже, що ти там зробив, кого врятував, але для моєї родини, Гаррі Поттер, ти вічне прокляття.

ДІЯ ПЕРША 🌙 СЦЕНА 18

МІНІСТЕРСТВО МАГІЇ, КОРИДОР

СКОРПІЙ/ГАРРІ
А ти певний, що це там?

Повз них проходить ОХОРОНЕЦЬ. СКОРПІЙ/ГАРРІ *і* ДЕЛЬФІ/
ГЕРМІОНА *починають грати свої ролі.*

Так, пані міністр, безумовно, цю справу треба ретельно
обміркувати в міністерстві, я погоджуюсь.

ОХОРОНЕЦЬ *(вклоняється)*
Пані міністр.

ДЕЛЬФІ/ГЕРМІОНА
Обміркуємо все разом.

ОХОРОНЕЦЬ *іде далі, а вони полегшено зітхають.*

Це була ідея мого дядечка — скористатися сироваткою
правди... ми додали її в напій одному міністерському
службовцю, що прийшов з візитом. Він і розповів нам
про часоворот, підказавши навіть, де він зберігається:
в кабінеті міністра магії.

Вона показує на двері. Раптом усі чують якийсь шум.

ГЕРМІОНА *(здалека)*
Гаррі... нам треба про це поговорити...

ГАРРІ *(здалека)*
Нема про що говорити.

ДЕЛЬФІ/ГЕРМІОНА
Ой, ні.

АЛБУС/РОН
Герміона. І тато.

Їх охоплює паніка — миттєва й нестримна.

СКОРПІЙ/ГАРРІ
О'кей. Де сховатися. Нема де сховатися. Хтось знає якісь невидимі чари?

ДЕЛЬФІ/ГЕРМІОНА
Може, нам зайти... в її кабінет?

АЛБУС/РОН
Вона прийде у свій кабінет.

ДЕЛЬФІ/ГЕРМІОНА
А більше нема куди.

Вона намагається відчинити двері. Тоді ще раз.

ГЕРМІОНА *(здалека)*
Якщо ти не поговориш про це зі мною або з Джіні...

СКОРПІЙ/ГАРРІ
Відійди. Алогомора!

Він націлюється на двері чарівною паличкою. Двері відчиняються. Скорпій задоволено усміхається.

Албусе. Затримай її. Це мусиш зробити саме ти.

ГАРРІ *(здалека)*
Про що тут говорити?

АЛБУС/РОН
Я? Чому?

ДЕЛЬФІ/ГЕРМІОНА
Ну, бо ми ж цього не можемо, хіба не ясно? Бо ми є ними.

ГЕРМІОНА *(здалека)*

Тобі, звісно, не варто було цього казати... але... тут задіяні ще й інші чинники...

АЛБУС/РОН

Але я не можу... не можу...

Невеличка метушня, після якої **АЛБУС/РОН** *залишається стояти біля дверей, до яких уже підходять* **ГАРРІ** *й* **ГЕРМІОНА.**

ГАРРІ

Герміоно, я вдячний за твою турботу, але немає потреби...

ГЕРМІОНА

Роне?

АЛБУС/РОН

Сюрприз!!!

ГЕРМІОНА

Що ти тут робиш?

АЛБУС/РОН

А хіба чоловікові потрібно щось пояснювати, якщо йому закортіло побачити свою дружину?

Він міцно цілує **ГЕРМІОНУ.**

ГАРРІ

То я пішов...

ГЕРМІОНА

Гаррі. Я маю на увазі, хай би що там казав Драко... але те, що ти сказав Албусу... я не думаю, що усім нам буде краще, якщо ти постійно будеш на цьому наголошувати...

АЛБУС/РОН

О, ти маєш на увазі слова Гаррі про те, що він волів би не мати такого сина, як я... *(виправляє себе)* як Албус.

ГЕРМІОНА

Роне!

АЛБУС/РОН

Краще бути відвертим, ніж тримати усе в собі, ось що я хочу сказати...

ГЕРМІОНА

Він знатиме... ми всі іноді говоримо зовсім не те, що думаємо. Він це знає.

АЛБУС/РОН

А що, як іноді ми кажемо саме те, про що думаємо... що тоді?

ГЕРМІОНА

Роне, не починай, нам зараз не до цього, чесно.

АЛБУС/РОН

Звичайно, що ні. Бувай, дорогенька.

АЛБУС/РОН дивиться їй услід у надії, що вона промине свій кабінет і піде далі. Але вона, звісно, цього не робить. Він підбігає, заважаючи їй зайти у двері. Вона намагається його оминути, але він знову перешкоджає їй, вихитуючи для цього стегнами.

ГЕРМІОНА

Чому ти заважаєш мені зайти в кабінет?

АЛБУС/РОН

Нікому. Я. Не заважаю.

Вона знову намагається зайти, але він її не пускає.

ГЕРМІОНА

Заважаєш. Дозволь мені зайти в кабінет, Роне.

АЛБУС/РОН

Давай народимо ще одну дитинку.

ГЕРМІОНА намагається проскочити повз нього.

ГЕРМІОНА

Що?

АЛБУС/РОН

Або якщо не дитинку, то влаштуймо собі канікули. Я хочу дитинку або канікули, і я наполягаю на цьому. Поговоримо про це пізніше, золотце?

Вона ще раз намагається зайти, але він блокує їй шлях цілунком. Це вже перетворюється на своєрідний двобій.

Можливо, за чарчиною в «Дірявому казані»? Кохаю тебе.

ГЕРМІОНА *(м'якшим тоном)*

Якщо там знову виявиться якийсь смердюляник, тоді тебе вже й сам Мерлін не врятує. Ну, добре. Нам і так час перевірити ситуацію з маґлами.

Вона йде геть. **ГАРРІ** *виходить разом із нею.* **АЛБУС/РОН** *обертається до дверей. Вона з'являється знову, цього разу сама.*

Дитинку... АБО... канікули? Часом ти просто переходиш усі межі, ти це розумієш?

АЛБУС/РОН

Тому ти зі мною й одружилася? Через мій пустотливий гумор?

Вона знову виходить. Він береться за клямку дверей, але Герміона ще раз повертається, тож він притьмом їх зачиняє.

ГЕРМІОНА

Я чую запах риби. Казала ж тобі не зловживати бутербродами з рибними паличками.

АЛБУС/РОН

Казала, це правда.

Вона виходить. Він прислухається, чи вона справді пішла, потім полегшено зітхає і відчиняє двері.

ДІЯ ПЕРША ✦ СЦЕНА 19

МІНІСТЕРСТВО МАГІЇ, КАБІНЕТ ГЕРМІОНИ

СКОРПІЙ/ГАРРІ *і* ДЕЛЬФІ/ГЕРМІОНА *чекають з другого боку дверей* ГЕРМІОНИНОГО *кабінету, куди заходить* АЛБУС/РОН, — *він виснажено падає на стілець.*

АЛБУС/РОН

Це все занадто дивно.

ДЕЛЬФІ/ГЕРМІОНА

Ти нас просто вразив. Як ти її заблокував — неперевершено!

СКОРПІЙ/ГАРРІ

А я ось не знаю — хвалити тебе чи засуджувати, що ти разів з п'ятсот обцілував власну тітку!

АЛБУС/РОН

Рон полюбляє телячі ніжності, а я намагався збити її з пантелику. І це мені вдалося.

СКОРПІЙ/ГАРРІ

А тоді ще й те, що сказав твій тато...

ДЕЛЬФІ/ГЕРМІОНА

Хлопці... вона зараз повернеться... у нас мало часу.

АЛБУС/РОН (СКОРПІЮ/ГАРРІ)

Ти це чув?

ДЕЛЬФІ/ГЕРМІОНА

Де Герміона могла б заховати часоворот? *(Роззирається по кімнаті і бачить книжкові шафи.)* Обшукайте ті шафи.

Вони починають шукати. СКОРПІЙ/ГАРРІ *стурбовано дивиться на друга.*

СКОРПІЙ/ГАРРІ

Чому ти мені не сказав?

АЛБУС/РОН

Мій тато каже, що волів би не мати такого сина, як я. Не надто приємна тема для світської бесіди.

СКОРПІЙ/ГАРРІ *намагається підшукати відповідні слова.*

СКОРПІЙ/ГАРРІ

Я знаю, що... чутки про Волдеморта це... неправда... і ти теж... це знаєш... але іноді мені здається, що мій тато думає: «Як я міг породити отаке?»

АЛБУС/РОН

Це все одно краще, ніж мій батечко. Я чомусь упевнений, що він переважно думає: «Ну, як мені його позбутися?»

ДЕЛЬФІ/ГЕРМІОНА *смикає* СКОРПІЯ/ГАРРІ, *щоб той зосередився на книжкових шафах.*

ДЕЛЬФІ/ГЕРМІОНА

Може, зосередимося на важливіших справах?

СКОРПІЙ/ГАРРІ

Я маю на увазі, що... це невипадково... що ми друзі, Албусе... І ми невипадково знайшли один одного, розумієш? І якою б не була мета цієї... авантюри...

Тут він хмурніє, зауваживши на поличці якусь книгу.

Ти бачив, які тут книжки? Доволі серйозні. Заборонені. Заклятті книжки.

АЛБУС/РОН

Ось як треба відволікати увагу Скорпія від тяжких переживань. Завести його в бібліотеку.

СКОРПІЙ/ГАРРІ

Тут усі книжки зі спецфонду і ще дещо. «Найзлісніша магія», «Демони XV століття». А «Сонети чаклуна» заборонено навіть у Гоґвортсі!

АЛБУС/РОН

«Тіні й духи». «Пасльоновий посібник з некромантії».

ДЕЛЬФІ/ГЕРМІОНА

Оце колекція…

АЛБУС/РОН

«Правдива історія опалового вогню». «Закляття Імперіус, і як ним зловживати».

СКОРПІЙ/ГАРРІ

А гляньте сюди. Ого. «Мої очі, і як бачити повз них» Сивіли Трелоні. Книга ворожінь. Але ж Герміона Ґрейнджер терпіти не може ворожінь. Це цікаво. Просто знахідка…

Він бере книгу з полички. Вона сама розгортається. І починає говорити.

КНИГА

Перший — це п’ята, вона є в демарші,
Хоча не знайти її в марші чи фарші.

СКОРПІЙ/ГАРРІ

О! Книжка, яка говорить. Трохи дивно.

КНИГА

Другий — паскудний гидкий супермен,
Хоч не спортсмен він, і не бізнесмен.
Третій — торгаш, але зовсім аматор.

АЛБУС/РОН

Це загадка. Вона читає нам загадку.

КНИГА

Торує торгові шляхи в Улан-Батор.

ДЕЛЬФІ/ГЕРМІОНА
Що ти зробив?

СКОРПІЙ/ГАРРІ
Я... е-е... розгорнув книжку. А розгортати книжку... з часів, коли я живу на цій планеті... ніколи не вважалося небезпечним.

Книжка намагається схопити АЛБУСА. *Він ледве встигає ухилитись.*

АЛБУС/РОН
Що це таке?

ДЕЛЬФІ/ГЕРМІОНА
Герміона перетворила це на зброю. Вона озброїла бібліотеку. Часоворот має бути десь тут. Треба розгадати загадку — і ми його знайдемо.

АЛБУС/РОН
Перший — це п'ята. Вона є в демарші, але не в марші. Д... Де...

Книга намагається проковтнути ДЕЛЬФІ/ГЕРМІОНУ.

СКОРПІЙ/ГАРРІ
Другий — гидкий супермен, хоч не спортсмен і не...

ДЕЛЬФІ/ГЕРМІОНА *(експансивно)*
Мен! Де...мен...тор. Нам треба знайти книгу про дементорів *(книжкова шафа всмоктує її)*, Албусе!

АЛБУС/РОН
Дельфі! Що відбувається?

СКОРПІЙ/ГАРРІ
Зосередься, Албусе. Роби те, що вона сказала. Знайди книгу про дементорів, але будь обережний.

АЛБУС/РОН
Ось. «Домінування дементорів: Правдива історія Азкабану».

Книга розгортається й загрозливо летить на СКОР-ПІЯ/ГАРРІ, *який ледве встигає відстрибнути. Він наштовхується на книжкову шафу, і та намагається його заковтнути.*

КНИГА

У клітці народився,
Розбив її й ушився.
Вродливим веРЕДЛивим був
Та Ґонт закляття не забув —
Безсмертним залишився.

АБЛУС/РОН

Волдеморт.

ДЕЛЬФІ *поринає між книжок, знову ставши сама собою.*

ДЕЛЬФІ

Швидше шукайте!

Верещить, зникаючи поміж книжками.

АЛБУС/РОН

Дельфі! Дельфі!

Він намагається схопити її за руку, але вона вже зникла.

СКОРПІЙ/ГАРРІ

Вона знову стала собою... ти помітив?

АЛБУС/РОН

Ні! Бо мене більше турбувало те, що її ковтнула книжкова шафа! Знайди. Щось. Про нього.

Він помічає якусь книгу.

«Спадкоємець Слизерина»? Що ти думаєш?

Він намагається стягти книгу з полички, але вона тягне його самого, і книжкова шафа поглинає АЛБУСА/РОНА.

СКОРПІЙ/ГАРРІ

Албусе? Албусе!!!

Але **АЛБУС/РОН** *зник.*

О'кей. Не це. Волдеморт. Волдеморт. Волдеморт.

Він оглядає полички.

«Ярволод: Істина», мабуть, це воно...

Він розгортає книжку. Вона знову виривається з рук, спалахує розщеплене світло і лунає голос, нижчий, ніж той, який було чутно раніше.

КНИГА
Я — щось нечуване тобою і незвідане.
Я — ти і я. Відлуння я невидиме.
То спереду, то ззаду я, то збоку,
Я стежу, знай, за кожним твоїм кроком.

З-поміж книжок вигулькує **АЛБУС**. *Він знову став самим собою.*

СКОРПІЙ/ГАРРІ
Албусе...

Він намагається його схопити.

АЛБУС
Ні. Просто... ДУУУУУМАЙ.

АЛБУСА *знову силоміць затягує в книжкову шафу.*

СКОРПІЙ/ГАРРІ
Але я не можу... невидиме відлуння, що це таке? Єдине, що мені добре вдається, це — думати, а коли потрібно думати... у мене нічого не виходить.

Книги затягують його між них; він нездатний чинити опір. Це жахіття.
Тиша.
А тоді ТОРОХ — з поличок падає ціла злива книжок... і знову з'являється **СКОРПІЙ**. *Відштовхує від себе книжки.*

СКОРПІЙ

Ні! Не робіть цього! Сивіло Трелоні. Ні!!!

Він роззирається, занурений в книжки, але сповнений енергії.

Це все погано. Албусе? Ти чуєш мене? І все це заради клятого часоворота. Думай, Скорпію. Думай.

Книжки намагаються його схопити.

Я стежу, знай, за кожним твоїм кроком. То спереду. То ззаду. Чекай-чекай. Я й не подумав. Тінь. Ти — тінь. «Тіні й духи». Це має бути...

Він лізе вгору по шафі, і це страхітливо, бо вона намагається його поглинути. Хапає його за ноги.
Він стягує з полички книгу. Вона опиняється в його руках, і раптом уся ця веремія припиняється.

Це...

Зненацька чути грюкіт, і з поличок на підлогу гепаються АЛБУС *і* ДЕЛЬФІ.

Ми її здолали. Здолали бібліотеку.

АЛБУС

Дельфі, ти як?..

ДЕЛЬФІ

Нічогенька собі прогуляночка.

АЛБУС *помічає книгу, яку тулить до грудей* СКОРПІЙ.

АЛБУС

Це воно? Скорпію? Що там у книзі?

ДЕЛЬФІ

Мабуть, нам варто виясними, еге ж?

СКОРПІЙ *розгортає книгу. Там усередині — рухливий часоворот.*

СКОРПІЙ
Ми знайшли часоворот... ніколи й подумати не міг, що нам це вдасться.

АЛБУС
Тепер, старий, коли ми вже його знайшли, наступним кроком буде порятунок Седрика. Наша подорож лише починається.

СКОРПІЙ
Лише починається, а ми вже ледь не загинули. Чудово. Що далі, то краще.

Шепіт переходить у рев. Затемнення.

АНТРАКТ

ЧАСТИНА ПЕРША

ДІЯ ДРУГА

ДІЯ ДРУГА 🌙 СЦЕНА I

СОН, ПРІВІТ-ДРАЙВ, КОМІРЧИНА ПІД СХОДАМИ

ТІТКА ПЕТУНІЯ

Гаррі, Гаррі. Подивись, які брудні каструльки. ВОНИ Й ДОСІ БРУДНІ! ГАРРІ ПОТТЕР! Прокидайся!

ЮНИЙ ГАРРІ продирає очі й бачить, що над ним нависла ТІТКА ПЕТУНІЯ.

ЮНИЙ ГАРРІ

Тітко Петуніє, котра година?

ТІТКА ПЕТУНІЯ

Пізня. Коли ми погодилися тебе прийняти, то сподівалися зробити з тебе нормальну людину. Мабуть, ми самі винні, що ти став таким... суцільним розчаруванням.

ЮНИЙ ГАРРІ

Я стараюся...

ТІТКА ПЕТУНІЯ

Старатися мало, треба досягати успіхів, ясно? На склянках масні плями. На каструлях сліди від їжі. Швидко вставай, іди на кухню і все ретельно повідшкрябуй.

Гаррі встає з ліжка. Ззаду на його піжамі мокра пляма.

Ой, ні. Ой, ні! Що ти наробив? Ти знову попісяв у ліжко.

Вона дивиться на простирадло.

Це ж просто неприпустимо!

ЮНИЙ ГАРРІ

Я... вибачте, це знову був кошмарний сон.

ТІТКА ПЕТУНІЯ

Мерзенний хлопчисько. Тільки тварини пісяють під себе. Тварини і огидні малі хлопчиська.

ЮНИЙ ГАРРІ

...про маму й тата. Здається, я бачив, як... я бачив, як... вони померли?

ТІТКА ПЕТУНІЯ

А чого це має мене цікавити?

ЮНИЙ ГАРРІ

Там був якийсь чоловік, що кричав Адкава, щось таке, ніби Ад... а тоді Акабра... Ад... і ще сичання змії. Я чув крик моєї мами.

ТІТКА ПЕТУНІЯ якусь мить думає, як розрядити ситуацію.

ТІТКА ПЕТУНІЯ

Якби тобі й справді наснилася їхня смерть, ти мав би чути вищання гальм і страшенний удар. Твої батьки загинули в автомобільній аварії. Ти вже це знаєш. Не думаю, що твоя мама навіть встигла закричати. Хай Господь береже тебе від зайвих подробиць, тобі й цього досить. А тепер зніми постіль, шуруй на кухню і берися за роботу. Двічі я не стану повторювати.

Виходить, грюкаючи дверима.
А ЮНИЙ ГАРРІ залишається стояти, тримаючи в руках простирадло.
Сцена раптом починає змінюватися, на ній дерева, і сон перетворюється у щось цілком інакше.
Раптово там з'являється АЛБУС, що стоїть і дивиться на ЮНОГО ГАРРІ.
А тоді з глибини кімнати долинає сичання парселмовою.
Воно наближається. Він наближається.
Слова, що їх шепоче голос, який не сплутати з жодним іншим. Голос ВОЛДЕМОРТА...

Гааааррі Пооттттттер...

ДІЯ ДРУГА 🌙 СЦЕНА 2

ДІМ ГАРРІ ТА ДЖІНІ ПОТТЕРІВ, СХОДИ

ГАРРІ *прокидається у темряві, важко дихаючи. Його виснаження видно неозброєним оком, він охоплений страхом.*

ГАРРІ

Лумос.

Заходить ДЖІНІ, *здивована, що спалахнуло світло.*

ДЖІНІ

Все гаразд?..

ГАРРІ

Я спав.

ДЖІНІ

Ну, так.

ГАРРІ

А ти ні. Якісь... новини? Сови чи щось таке?..

ДЖІНІ

Нічого.

ГАРРІ

Мені наснилося... що я під сходами, а потім я... почув його... Волдеморта... так чітко.

ДЖІНІ

Волдеморта?

ГАРРІ

А тоді побачив... Албуса. У червоному... на ньому була дурмстрензька мантія.

ДЖІНІ

Дурмстрензька мантія?

ГАРРІ *замислюється.*

ГАРРІ

Джіні, мені здається, я знаю, де він...

ДІЯ ДРУГА 🌙 СЦЕНА 3

ГОҐВОРТС, ДИРЕКТОРСЬКИЙ КАБІНЕТ

ГАРРІ *і* ДЖІНІ *стоять у кабінеті* ПРОФЕСОРКИ МАКҐОНЕҐЕЛ.

ПРОФЕСОРКА МАКҐОНЕҐЕЛ
І ми не знаємо, де саме в Забороненому лісі?

ГАРРІ
Мені вже багато років таке не снилося. Але Албус був там. Я знаю.

ДЖІНІ
Треба якнайшвидше розпочати пошуки.

ПРОФЕСОРКА МАКҐОНЕҐЕЛ
Я можу порадити вам професора Лонґботома... його знання рослин може придатися... і...

Раптово чути гуркіт у димарі. ПРОФЕСОРКА МАКҐОНЕ-ҐЕЛ *стурбовано дивиться на камін. З нього вивалю-ється* ГЕРМІОНА.

ГЕРМІОНА
Це правда? Я можу допомогти?

ПРОФЕСОРКА МАКҐОНЕҐЕЛ
Пані міністр... яка несподіванка...

ДЖІНІ
Це, мабуть, я винна... я переконала редакцію видати екст-ренний випуск «Щоденного віщуна». З проханням зголо-ситися добровольцям.

ПРОФЕСОРКА МАКҐОНЕҐЕЛ

Ясно. Вельми розсудливий вчинок. Я сподіваюся... що добровольців буде чимало.

З каміна вилітає РОН. *Весь у сажі. Довкола шиї в нього заплямлена підливою обідня серветка.*

РОН

Я щось пропустив... не міг відразу зорієнтуватися з тим порошком флу. Чомусь опинився на кухні. *(ГЕРМІОНА пильно дивиться, як він зриває з себе серветку.)* Що?

Раптово в димарі знову гуркоче, і з каміна на підлогу гепається ДРАКО, *огорнений хмарою кіптяви й пороху. Усі здивовано дивляться на нього. Він підводиться, струшуючи з себе сажу.*

ДРАКО

Вибачте, що забруднив підлогу, Мінерво.

ПРОФЕСОРКА МАКҐОНЕҐЕЛ

Я, мабуть, сама винна, що збудувала тут камін.

ГАРРІ

Не очікував тебе тут побачити, Драко. Я думав, що ти не віриш у мої сни.

ДРАКО

Ні, але я покладаюся на твій фарт. Гаррі Поттер завжди там, де щось діється. А я хочу, щоб мій син знову повернувся до мене — живий і здоровий.

ДЖІНІ

Ну, тоді гайда до Забороненого лісу і спробуємо відшукати їх обох.

ДІЯ ДРУГА 🌙 СЦЕНА 4

УЗЛІССЯ ЗАБОРОНЕНОГО ЛІСУ

АЛБУС *і* ДЕЛЬФІ *стоять навпроти один одного, тримаючи чарівні палички.*

АЛБУС
Експеліармус!

Чарівна паличка ДЕЛЬФІ *злітає в повітря.*

ДЕЛЬФІ
Вже краще. Вийшло доволі непогано.

Вона забирає в нього свою паличку.
Говорить величаво й манірно.

«Ваші манери, молодий чоловіче, мене обеззброюють».

АЛБУС
Експеліармус!

Її паличка знову злітає в повітря.

ДЕЛЬФІ
Дай п'ять!

Вони обмінюються переможним жестом.

АЛБУС
Мені ніколи не вдавалися закляття.

В глибині сцени з'являється СКОРПІЙ. *Він дивиться на свого приятеля, який розмовляє з дівчиною, — йому це і подобається, і ні.*

ДЕЛЬФІ

Я була безнадійна... а потім щось ніби перемкнулося. З тобою буде так само. Не хочу сказати, що я якась там супервідьма, але мені здається, що ти стаєш чудовим чаклуном, Албусе Поттере.

АЛБУС

Тоді не покидай мене... повчи мене ще трохи...

ДЕЛЬФІ

Звичайно, я буду поруч, ми ж з тобою друзі, чи як?

АЛБУС

Так. Так. Ясно, що друзі. Абсолютно.

ДЕЛЬФІ

Чудово. Класно!

СКОРПІЙ

Що там такого класного?

СКОРПІЙ *рішуче наближається до них.*

АЛБУС

Я нарешті розкусив закляття. Тобто воно нескладне, але я був... ну, але мені таки вдалося.

СКОРПІЙ (*надміру захоплено, намагаючись вставити й свої п'ять копійок*)

А я знайшов дорогу до школи. Слухайте, ви впевнені, що це спрацює...

ДЕЛЬФІ

Так!

АЛБУС

Це геніальний план. Секрет у тому, щоб не дати Седрику виграти Тричаклунський турнір, і тоді він залишиться живий. Якщо він не переможе, його не вб'ють.

СКОРПІЙ

Та я це розумію, але...

АЛБУС

Отже, нам тільки треба зробити так, щоб запороти його шанси на перше завдання. Цим завданням було забрати в дракона золоте яйце... Як Седрик відвернув увагу дракона...

ДЕЛЬФІ *піднімає руку.* **АЛБУС** *сміється й показує на неї. Ця парочка вже розуміє одне одного з півслова.*

ДЕЛЬФІ

...трансфігурнув камінь у пса.

АЛБУС

...ну, маленький «експеліармусик», і він не зможе цього зробити.

СКОРПІЮ *зовсім не подобається, як співає в унісон цей дует —* **ДЕЛЬФІ** *і* **АЛБУС**.

СКОРПІЙ

Добре, два зауваження. По-перше: ми впевнені, що його не вб'є дракон?

ДЕЛЬФІ

Він завжди має два зауваження, правда? Звісно, що не вб'є. Це ж Гоґвортс. Ніхто не дозволить, щоб сталася біда з будь-яким чемпіоном.

СКОРПІЙ

О'кей, тоді друге зауваження... значно серйозніше... ми відправляємось у минуле, не маючи зеленого поняття, чи зможемо потім повернутися назад. Це, звичайно, цікаво. А, може б, нам спочатку гайнути тільки на годину назад, а вже потім...

ДЕЛЬФІ

Вибач, Скорпію, але ми не можемо гаяти часу. Довго чекати тут, так близько від школи, занадто небезпечно... я впевнена, що вони почнуть шукати тебе і...

АЛБУС

Це правда.

ДЕЛЬФІ

Отож вам треба одягнути це...

Вона витягає два великі паперові мішки. Хлопці дістають з них мантії.

АЛБУС

Але ж це дурмстрензькі мантії.

ДЕЛЬФІ

Ідея мого дядечка. Якщо ви будете в гоґвортських мантіях, вас буде легше впізнати. А в Тричаклунському турнірі беруть участь ще дві школи... і якщо ви будете в мантіях з Дурмстренґу... тоді вам буде простіше розчинитися серед юрби, чи не так?

АЛБУС

Чудова думка! Чекай-чекай, а де твоя мантія?

ДЕЛЬФІ

Албусе, мене тішить твоя увага, але я не думаю, що зможу вдавати з себе ученицю, еге ж? Я просто стоятиму десь ззаду і вдаватиму, що я... о, можливо, я спробую прикинутись приборкувачкою драконів. Так чи інакше, усі закляття ви будете виконувати самі.

СКОРПІЙ *дивиться на неї, а потім на* АЛБУСА.

СКОРПІЙ

Ти повинна залишитися тут.

ДЕЛЬФІ

Що?

СКОРПІЙ

Ти маєш рацію. Ти нам не потрібна для заклять. А якщо ти будеш не в учнівській мантії... це буде занадто ризиковано. Вибач, Дельфі, але тобі краще залишитись.

ДЕЛЬФІ

Але ж я мушу... він мій двоюрідний брат. Албусе?

АЛБУС

Я думаю, він правий. Вибач.

ДЕЛЬФІ

Що?!

АЛБУС

Не варто ризикувати.

ДЕЛЬФІ

Але ж без мене... ви не зможете користуватися часоворотом.

СКОРПІЙ

Ти нас навчила, як ним користуватися.

ДЕЛЬФІ *по-справжньому засмучена.*

ДЕЛЬФІ

Ні. Я не дозволю вам цього робити...

АЛБУС

Ти ж сама радила дядечкові довіряти нам. Тепер твоя черга це зробити. Школа зараз зачинена. Ми повинні залишити тебе тут.

ДЕЛЬФІ *дивиться на них обох і важко зітхає. Потім киває головою й усміхається.*

ДЕЛЬФІ

Тоді рушайте. Але... знайте... сьогодні ви отримаєте шанс, який рідко кому дається... сьогодні ви можете змінити історію... змінити плин часу. І навіть більше — сьогодні ви маєте нагоду повернути старому чоловікові його сина.

Вона усміхається. Дивиться на АЛБУСА. *Нахиляється й ніжно цілує його в обидві щоки.*
Після цього йде й зникає в лісі. АЛБУС *дивиться їй услід.*

СКОРПІЙ

Мене вона не поцілувала... ти це помітив? *(Дивиться на приятеля.)* Усе нормально, Албусе? Ти трохи зблід. І почервонів. Зблід і почервонів одночасно.

АЛБУС

Рушаймо.

ДІЯ ДРУГА 🌙 СЦЕНА 5

ЗАБОРОНЕНИЙ ЛІС

Ліс густішає, а між деревами видно людей, які шукають зниклих учнів. Ці люди поступово розчиняються в лісі, і ГАРРІ *залишається сам.*

Він щось почув. Повертається праворуч.

ГАРРІ

Албусе? Скорпію? Албусе?

І тут він чує тупіт копит. ГАРРІ *здригається. Роззирається, намагаючись зрозуміти, звідки лунає тупіт. Несподівано на освітленій частині сцени з'являється* БЕЙН. *Розкішний і величний кентавр.*

БЕЙН

Гаррі Поттер.

ГАРРІ

Чудово. Ти й досі мене впізнаєш, Бейне.

БЕЙН

Ти постарів.

ГАРРІ

Це так.

БЕЙН

Але не набрався розуму. Бо ти забрів на нашу землю.

ГАРРІ

Я завжди шанував кентаврів. Ми не вороги. Ти відважно воював під час битви за Гоґвортс. І я воював з тобою поруч.

БЕЙН

Це був мій обов'язок. Я захищав честь свого табуна. Але не твою. І після бою ліс було визнано власністю кентаврів. А якщо ти ступив на нашу землю... не маючи на це дозволу... для нас ти стаєш ворогом.

ГАРРІ

Пропав мій син, Бейне. Мені потрібна допомога, щоб його знайти.

БЕЙН

А він що — тут? У нашому лісі?

ГАРРІ

Так.

БЕЙН

Тоді він такий самий дурень, як і ти.

ГАРРІ

Чи можеш ти допомогти мені, Бейне?

Довга пауза. БЕЙН *зверхньо і владно дивиться на* ГАРРІ.

БЕЙН

Можу тобі сказати лише те, що знаю... але кажу це не заради тебе, а заради свого табуна. Кентаврам не потрібна нова війна.

ГАРРІ

І нам теж. То що тобі відомо?

БЕЙН

Я бачив твого сина, Гаррі Поттере. Бачив його в русі зірок.

ГАРРІ

Ти бачив його серед зірок?

БЕЙН

Я не можу тобі сказати, де він. І не можу сказати, як тобі його знайти.

ГАРРІ

Але ти щось бачив? Бачив якісь віщування?

БЕЙН

Твій син оповитий чорною хмарою, загрозливою чорною хмарою.

ГАРРІ

Мій Албус?

БЕЙН

Ця чорна хмара несе загрозу усім нам. Ти знову знайдеш сина, Гаррі Поттере. Але тоді зможеш втратити його назавжди.

Він видобуває звук, схожий на іржання, і швидко зникає, залишаючи позаду збентеженого ГАРРІ.
ГАРРІ *відновлює пошуки — ще завзятіше, ніж досі.*

ГАРРІ

Албусе! Албусе!

ДІЯ ДРУГА 🌙 СЦЕНА 6

УЗЛІССЯ ЗАБОРОНЕНОГО ЛІСУ

СКОРПІЙ *і* АЛБУС *звертають за ріг і бачать перед собою просвіт між деревами.*
Просвіт, крізь який видно… дивовижне світло…

СКОРПІЙ
А ось і він…

АЛБУС
Гоґвортс. Ніколи ще не бачив його в такому ракурсі.

СКОРПІЙ
Досі біжать мурашки по спині від його вигляду?

Між деревами виникає видиво ГОҐВОРТСУ — дивовижна споруда з численними вежами.

Відколи я почув про нього, я мріяв туди потрапити. Навіть мій тато, якому там не дуже подобалось, так його описував, що… Коли мені стукнуло десять років, я щодня зранку переглядав «Щоденний віщун»… боявся, що може статися якесь лихо… що я не зможу туди потрапити…

АЛБУС
А потім ти потрапив туди і виявив, яке це насправді жахливе місце.

СКОРПІЙ
Не для мене.

АЛБУС *ошелешено дивиться на друга.*

Я завжди мріяв потрапити в Гоґвортс і знайти там друга, з яким можна було б затівати всякі авантюри. Такого, як Гаррі Поттер. І я знайшов там його сина. Мені шалено пощастило.

АЛБУС

Але ж я зовсім не такий, як мій тато.

СКОРПІЙ

Ти кращий. Ти мій найближчий друг, Албусе. І ми почали авантюру найвищого ступеня. І це чудово, просто фантастично, тільки... я мушу визнати... і не соромлюся цього... я трішки... дуже-дуже трішки... боюся.

АЛБУС дивиться на СКОРПІЯ й усміхається.

АЛБУС

Ти теж мій найкращий друг. І не хвилюйся... я відчуваю, що все буде добре.

Здалека чути голос РОНА... він явно вже десь неподалік.

РОН

Албусе? Албусе!

АЛБУС перелякано дивиться в той бік.

АЛБУС

Але нам треба вирушати... негайно.

АЛБУС бере в СКОРПІЯ часоворот... натискає на нього — часоворот починає вібрувати і просто вибухає виром руху.
Сцена починає трансформуватися. Хлопці на все це дивляться.
І ось раптовий потужний спалах світла. Розкотистий гуркіт. І час зупиняється. А тоді, після недовгого розмірковування, він починає розмотуватися в зворотному напрямку, спочатку неквапливо...
А потім дедалі швидше...

ДІЯ ДРУГА 🌙 СЦЕНА 7

ТРИЧАКЛУНСЬКИЙ ТУРНІР, УЗЛІССЯ ЗАБОРОНЕНОГО ЛІСУ, 1994 р.

Раптово все зливається в суцільний галасливий гомін, і АЛБУС *зі* СКОРПІЄМ *губляться в юрбі.*

Аж тут на сцені з'являється «найвидатніший на землі шоумен» (за його власними словами, не за нашими), він підсилює свій голос закляттям «Сонорус», а тоді... ну, просто... отримує насолоду від дійства.

ЛУДО БЕҐМЕН

    Пані й панове, хлопчики й дівчатка, дозвольте мені відкрити... найвидатніший... найлегендарніший... єдиний... і неперевершений ТРИЧАКЛУНСЬКИЙ ТУРНІР.

    Лунають гучні оплески.

    Якщо ви з Гоґвортсу, я хочу вас почути.

    Гучні вигуки й оплески.

    Якщо ви з Дурмстренґу — я теж хочу вас чути.

    Гучні вигуки й оплески.

А ЯКЩО ВИ З БОБАТОНУ, ВАС ТЕЖ Я ХОЧУ ПОЧУТИ.

    Дещо слабші вигуки й оплески.

    Щось нам забракло французького ентузіазму.

СКОРПІЙ *(усміхаючись)*

Усе спрацювало. Це Лудо Беґмен.

ЛУДО БЕҐМЕН

А ось і вони. Пані й панове... хлопчики й дівчатка... дозвольте вам представити... тих, заради кого ми всі тут зібралися... ЧЕМПІОНІВ. Які брови, яка хода, який красень, немає таких речей, які б не підкорилися йому, коли він на мітлі, це чемпіон Дурмстренґу — Віктор Крейзі Крум.

СКОРПІЙ і АЛБУС *(які вже почали вживатися в роль дурмстрензьких учнів)*

Вперед, Крейзі Крум. Вперед, Крейзі Крум.

ЛУДО БЕҐМЕН

Від Бобатонської академії... вуаля, бонжур — це Флер Делякур!

Лунають ввічливі оплески.

А від Гоґвортсу відразу двоє учнів, перший примушує тремтітоньки наші колінонька, бо це Седрик Прекрасний Діґорі.

Юрба вибухає несамовитими вигуками.

А другий відомий вам як Хлопчик, що вижив, а я його знаю як хлопця, що постійно всіх нас дивує...

АЛБУС

Це мій тато.

ЛУДО БЕҐМЕН

Так, це Гаррі Бравий Поттер.

Лунають оплески. Найзавзятіше плескає дівчина в юрбі скраю, що має стурбований вигляд — це ЮНА ГЕРМІОНА (роль якої виконує та сама акторка, що грає РОУЗ). Помітно, що Гаррі підтримують у натовпі не так завзято, як Седрика.

А тепер... прошу тиші. Перше... завдання: здобуття золотого яйця. Його треба викрасти з гнізда... пані й панове, хлопчики й дівчатка, увага... з ДРАКОНЯЧОГО гнізда. А керувати драконами буде головний драконяр — ЧАРЛІ ВІЗЛІ.

І знову оплески.

ЮНА ГЕРМІОНА
Якщо стоятимеш так близько від мене, то прошу хоч не дихати мені в обличчя.

СКОРПІЙ
Роуз? Що ти тут робиш?

ЮНА ГЕРМІОНА
Хто така Роуз? Де твій акцент?

АЛБУС *(говорячи з акцентом)*
Вибач, Герміоно. Він тебе сплутав з кимсь іншим.

ЮНА ГЕРМІОНА
Звідки ти знаєш моє ім'я?

ЛУДО БЕҐМЕН
Не гаючи часу, я запрошую нашого першого чемпіона... на зустріч зі шведською короткорилкою, увага... СЕДРИК ДІҐОРІ!

Драконячий рев відволікає увагу ЮНОЇ ГЕРМІОНИ, *і* АЛБУС *виймає чарівну паличку.*

І ось на арену виходить СЕДРИК ДІҐОРІ. Він до всього готовий. Наляканий, але готовий. Він ухиляється в один бік. Потім — у другий. Пірнає вниз, шукаючи прикриття, а дівчата зомлівають. Вони хором верещать: «Пані драконко, не зашкодь нашому Діґорі!»

СКОРПІЙ *(зі стурбованим виглядом)*
Албусе, щось тут не так. Часоворот починає тремтіти.

Чується цокання, невпинне й загрозливе цокання. Воно долинає з часоворота.

ЛУДО БЕҐМЕН

Седрик відхиляється ліворуч, заходить у піке справа... його чарівна паличка вже напоготові... яку несподіванку приготував нам цього разу цей молодий, відважний і вродливий юнак...

АЛБУС (*простягаючи перед собою чарівну паличку*)

Експеліармус!

СЕДРИКОВА *чарівна паличка летить прямо в руки* АЛБУСУ.

ЛУДО БЕҐМЕН

...але ні, що це таке? Темна магія чи щось інше... Седрик Діґорі обеззброєний...

СКОРПІЙ

Албусе, я думаю, що часоворот... щось зіпсувалося...

Цокання часоворота стає ще гучнішим.

ЛУДО БЕҐМЕН

Це може погано скінчитися для Діґорі. Він не зможе виконати завдання. І припинить участь у турнірі.

СКОРПІЙ *хапає* АЛБУСА.

Цокання сягає свого піку, крещендо цокання — і спалах. І це знову теперішній час. АЛБУС *верещить від болю.*

СКОРПІЙ

Албусе! Тебе поранило? Албусе, ти...

АЛБУС

Що сталося?

СКОРПІЙ

Мабуть, існує якесь обмеження... часоворот, напевно, має якийсь ліміт часу...

АЛБУС

Ти думаєш, ми це зробили? Думаєш, ми щось змінили?

Зненацька на сцену з усіх сторін вибігають ГАРРІ, РОН *(який тепер має проділ збоку і вбраний статечніше, ніж досі),* ДЖІНІ *і* ДРАКО. СКОРПІЙ *дивиться на них і непомітно ховає в кишеню часоворот.* АЛБУС *дивиться на них затуманеним поглядом, бо все ще кривиться від болю.*

РОН

Я ж вам казав. Казав, що бачив їх.

СКОРПІЙ

Зараз, гадаю, все дізнаємось.

АЛБУС

Привіт, тату. Щось трапилось?

ГАРРІ *недовірливо дивиться на сина.*

ГАРРІ

Так. Можна сказати, що так.

АЛБУС *падає на землю.* ГАРРІ *і* ДЖІНІ *кидаються йому на допомогу.*

ДІЯ ДРУГА ☽ СЦЕНА 8

ГОГВОРТС, ШКІЛЬНА ЛІКАРНЯ

АЛБУС *спить у лікарняному ліжку.* ГАРРІ *стурбовано сидить біля нього. Над ними портрет стривоженого й доброзичливого чоловіка.* ГАРРІ *тре очі, встає і ступає кімнатою, розминаючи спину.*

І раптом зустрічається очима з портретом, який не очікував, що його помітять. ГАРРІ *приголомшено дивиться на нього.*

ГАРРІ

Професоре Дамблдоре.

ДАМБЛДОР

Доброго вечора, Гаррі.

ГАРРІ

Мені вас бракувало. Коли я останнім часом заходив до кабінету директорки, ваша рама була завжди порожня.

ДАМБЛДОР

Е, просто я полюбляю час від часу навідувати й інші свої портрети. *(Він дивиться на* АЛБУСА.*)* З ним буде все гаразд?

ГАРРІ

Він уже добу непритомний, але це дало змогу мадам Помфрі зцілити йому руку. Вона каже, що це була найдивніша річ... так, ніби її зламали двадцять років тому, а потім вправили абсолютно інакше, ніж треба. Каже, що все з ним буде добре.

ДАМБЛДОР

Уявляю, як важко дивитися на власну дитину, що страждає від болю.

ГАРРІ дивиться на ДАМБЛДОРА, а потім знову на АЛБУСА.

ГАРРІ

Я ще ніколи не запитував, як ви поставилися до того, що я назвав його на вашу честь.

ДАМБЛДОР

Щиро кажучи, Гаррі, ти поклав досить важкий тягар на плечі бідолашного хлопця.

ГАРРІ

Мені потрібна ваша допомога. І ваша порада. Бейн каже, що Албус у небезпеці. Як мені захистити сина, Дамблдоре?

ДАМБЛДОР

Ти запитуєш, як захистити хлопця, якому загрожує жахлива небезпека, і запитуєш це в мене? Ми не здатні вберегти дітей від болю. Він неминучий, і від нього не врятуватися.

ГАРРІ

То що — мені просто стояти й дивитися на це все?

ДАМБЛДОР

Ні. Ти мусиш підготувати його до зустрічі з життям.

ГАРРІ

Як? Він не хоче мене слухати.

ДАМБЛДОР

Можливо, він чекає, коли ти нарешті побачиш його справжнього.

ГАРРІ хмуриться, намагаючись усе це перетравити.

(*Емоційно.*) Бути портретом — це і благословення, і прокляття... бо тоді все чуєш. У школі, в міністерстві, я чую, що кажуть люди...

ГАРРІ

І що ж вони пліткують про мене й сина?

ДАМБЛДОР

Це не плітки. А стурбованість. Тим, що ви воюєте між собою. Що він непростий. Що він сердитий на тебе. У мене склалося враження, що ти... можливо... засліплений своєю любов'ю до нього.

ГАРРІ

Засліплений?

ДАМБЛДОР

Мусиш сприймати його таким, який він є, Гаррі. Мусиш зрозуміти, що його ранить.

ГАРРІ

Хіба ж я не сприймаю його таким, яким він є? Не бачу, що ранить мого сина? *(Замислюється.)* Чи, радше, хто його ранить?

АЛБУС *(бурмоче крізь сон)*

Тату...

ГАРРІ

Ця чорна хмара, це, мабуть, щось? А не хтось?

ДАМБЛДОР

Та хіба моя думка така вже й важлива? Я ж тільки фарби і спогади, Гаррі, фарби і спогади. І в мене ніколи не було сина.

ГАРРІ

Але мені потрібна ваша порада.

АЛБУС

Тату?

> **ГАРРІ** *дивиться на* **АЛБУСА**, *а потім знову на* **ДАМБЛДОРА**. *Але* **ДАМБЛДОР** *уже зник.*

ГАРРІ

Ні, куди ж ви пропали?

АЛБУС
Ми... в шкільній лікарні?

ГАРРІ *знову дивиться на* АЛБУСА.

ГАРРІ *(збентежено)*
Так. І ти... з тобою все буде добре. Мадам Помфрі не була певна, що приписати тобі для відновлення сили, і сказала, що тобі, мабуть, треба їсти багато... шоколаду. До речі, ти не будеш заперечувати, якщо я теж його скуштую? Мушу тобі дещо сказати, але не думаю, що тобі це сподобається.

АЛБУС *дивиться на тата, гадаючи, що ж він має йому сказати? Вирішує не квапити його.*

АЛБУС
Добре. Скуштуй.

ГАРРІ *виймає шоколад. Відкушує чималий кусень.* АЛБУС *здивовано дивиться на тата.*

Краще?

ГАРРІ
Набагато.

Він простягає шоколад синові. АЛБУС *бере шматочок. Вони мовчки жують, батько і син.*

Як рука, трохи ліпше?

АЛБУС *згинає руку.*

АЛБУС
Чудово.

ГАРРІ *(лагідно)*
Де ти був, Албусе? Не хочу навіть згадувати, що ми тут пережили... мама була страшно налякана...

АЛБУС *дивиться на нього і починає вигадувати, а на це він великий мастак.*

АЛБУС

Ми вирішили, що не хочемо їхати до школи. Подумали, що зможемо почати все заново... у світі маґлів... але виявили, що це була помилка. Ми якраз верталися в Гоґвортс, коли ви нас знайшли.

ГАРРІ

У дурмстрензьких мантіях?

АЛБУС

Мантії були... ця вся авантюра... Скорпій і я... ми не подумали.

ГАРРІ

Але чому... чому ви втекли? Через мене? Через те, що я тобі сказав?

АЛБУС

Я не знаю. У Гоґвортсі не так уже й приємно, якщо почуваєшся там чужим.

ГАРРІ

І це Скорпій... підбив тебе... на це?

АЛБУС

Скорпій? Ні.

> **ГАРРІ** *дивиться на* **АЛБУСА**, *мовби намагається побачити довкола нього якусь невидиму ауру, і важко замислюється.*

ГАРРІ

Я хочу, щоб ти тримався подалі від Скорпія Мелфоя.

АЛБУС

Що? Від Скорпія?

ГАРРІ

Я взагалі не знаю, як ви заприятелювали, але так сталося... і тепер... я хочу, щоб ти...

АЛБУС

Від мого найкращого друга? Єдиного мого друга?

ГАРРІ

Він небезпечний.

АЛБУС

Скорпій? Небезпечний? А ти хоч зустрічався з ним? Тату, якщо ти справді віриш у те, що він син Волдеморта...

ГАРРІ

Я знаю, хто він такий, і знаю, що тобі треба триматися від нього подалі. Мені сказав Бейн...

АЛБУС

Який ще Бейн?

ГАРРІ

Кентавр, який володіє потужним даром віщування. Він сказав, що ти оповитий чорною хмарою і...

АЛБУС

Чорною хмарою?

ГАРРІ

І в мене є всі підстави вірити у відродження Темної магії, тож я мушу вберегти тебе від неї. І від нього. Від Скорпія.

АЛБУС *якусь мить вагається, а тоді його обличчя похмурніє.*

АЛБУС

А якщо я відмовлюсь? Триматися від нього подалі?

ГАРРІ *замислено дивиться на сина.*

ГАРРІ

Є спеціальна карта. Нею колись користувалися ті, хто волів не затівати нічого доброго. Тепер ми нею скористаємось, щоб стежити... постійно стежити... за тобою. Професорка Макґонеґел стежитиме за кожним твоїм рухом. Щоразу, коли вас побачать удвох... вона примчить до вас... щоразу, коли ти спробуєш залишити Гоґвортс... вона тебе знайде. Маю надію, що ти ходитимеш тільки на свої уроки, де ніколи не перетинатимешся зі Скорпієм, а решту часу будеш у ґрифіндорській вітальні!

АЛБУС

Ти не можеш примусити мене опинитися в Ґрифіндорі! Я — слизеринець!

ГАРРІ

Не придурюйся, Албусе, ти чудово знаєш, до якого гуртожитку належиш. Якщо вона застукає тебе зі Скорпієм... я накладу на тебе закляття... яке дозволить мені бачити кожен твій крок, чути кожну твою розмову. А тим часом мій відділ почне розслідувати його справжнє походження.

АЛБУС *(переходить на крик)*

Але ж тату... ти не можеш... це просто не...

ГАРРІ

Я довго вважав себе поганим татом, бо ти мене не любив. І лише зараз я збагнув, що зовсім не потрібно, щоб я тобі подобався, мені потрібно, щоб ти мене слухався, бо я твій тато і я знаю, як краще. Вибач, Албусе. Але так має бути.

ДІЯ ДРУГА ◡ СЦЕНА 9

ГОҐВОРТС, СХОДИ

АЛБУС *бігає за* ГАРРІ *довкола сцени.*

АЛБУС

А що, як я втечу? А я втечу.

ГАРРІ

Албусе, вертайся в ліжко.

АЛБУС

Я знову втечу.

ГАРРІ

Ні. Не втечеш.

АЛБУС

Ще й як... і цього разу зроблю так, щоб Рон нас не знайшов.

РОН

Я чую своє ім'я?

На сходах з'являється РОН, *його проділ збоку акуратний до неймовірності, його мантія ледь закоротка, а весь одяг дуже респектабельний.*

АЛБУС

Дядьку Роне! Дякувати Дамблдору. Зараз, мабуть, нам найбільше бракує ваших жартів...

РОН *спантеличено хмурить чоло.*

РОН

Жартів? Я не знаю ніяких жартів.

АЛБУС

Ще й як знаєте! Ви ж володієте крамничкою жартів.

РОН *(тепер уже геть збитий з пантелику)*

Крамничкою жартів? Ну, знаєш. Хай там як, але я радий, що застав тебе... я збирався принести якісь солодощі... для, е-е, ну, тобто для швидшого одужання, але... е-е... бачиш, Падма... вона все краще продумує... ретельніше, ніж я... і вона вирішила, що ліпше принести тобі щось корисне для школи. Тому ми дістали для тебе... набір пер для писання. Так-так-так. Дивися на цих шибеників. Пера найвищої якості.

АЛБУС

А хто така Падма?

ГАРРІ нахмурює чоло, дивлячись на АЛБУСА.

ГАРРІ

Та ж твоя тітка.

АЛБУС

Я маю тітку Падму?

РОН

(Звертаючись до ГАРРІ) Він, мабуть, був уражений закляттям «Конфундус»? *(До АЛБУСА)* Падма — моя дружина. Пам'ятаєш? Коли говорить, то любить нахилятися надто близько до обличчя, і трохи тхне м'ятою. *(Нахиляється до нього.)* Падма, матір Панджу! *(Знову до ГАРРІ)* Я, власне, тому й прийшов. Панджу. Знову маю з ним клопіт. Я хотів просто вислати ревуна, але Падма наполягла, щоб я прийшов особисто. Не знаю, в чому річ. Він просто сміється з мене.

АЛБУС

Але ж... ви одружені з Герміоною.

Пауза. РОН взагалі нічого не розуміє.

РОН

З Герміоною? Ні. Ні-і-і-і-і-і... Мерлінова борода.

ГАРРІ

А ще Албус забув, що він ґрифіндорець. Дуже вигідно.

РОН

Так, ну, вибач, друзяко, але ти в Ґрифіндорі.

АЛБУС

Але ж як я там опинився?

РОН

Ти ж сам переконав у цьому Сортувальний Капелюх, ти що, забув? Панджу побився об заклад, що ти ніколи в житті не потрапиш у Ґрифіндор, тож ти й вирішив йому дошкулити. І я тебе не звинувачую в цьому, *(саркастично)* ми всі були б раді іноді стерти з його обличчя ту самовпевнену посмішку, правда? *(Нажахано.)* Прошу тільки Падмі цього не казати.

АЛБУС

А хто такий Панджу?

РОН *і* ГАРРІ *здивовано витріщаються на* АЛБУСА.

РОН

Чорт забирай, та ти й справді якийсь сам не свій! Ну, але я краще піду, поки мені самому не прислали ревуна.

Виходить, шкандибаючи і спотикаючись, анітрохи не подібний на того чоловіка, яким був раніше.

АЛБУС

Але ж це все... якийсь маразм.

ГАРРІ

Албусе, не знаю, чого ти прикидаєшся дурником, але на мене це не діє, і рішення свого я не зміню.

АЛБУС

Тату, ти маєш два вибори: або ти береш мене в...

ГАРРІ

Ні, Албусе, це тобі доведеться вибирати. Ти робиш те, що я звелів, або встрягаєш у велику... дуже велику... халепу, це тобі ясно?

СКОРПІЙ

Албусе? З тобою все нормально. Це просто фантастика.

ГАРРІ

Він абсолютно зцілився. І ми мусимо йти.

АЛБУС дивиться на СКОРПІЯ, *і йому розривається серце. Він іде до виходу.*

СКОРПІЙ

Ти що, сердишся на мене? Що відбувається?

АЛБУС зупиняється і обертається до СКОРПІЯ.

АЛБУС

Це спрацювало? Хоч щось?

СКОРПІЙ

Ні... але, Албусе...

ГАРРІ

Албусе. Припини негайно молоти оцю нісенітницю! Це останнє попередження.

АЛБУС просто розривається між татом і другом.

АЛБУС

Я не можу, о'кей?

СКОРПІЙ

Що ти не можеш?

АЛБУС

Просто... нам буде краще не зустрічатися, о'кей?

СКОРПІЙ стоїть і дивиться йому вслід. Пригнічений і спустошений.

ДІЯ ДРУГА 🌙 СЦЕНА 10

ГОГВОРТС, ДИРЕКТОРСЬКИЙ КАБІНЕТ

ПРОФЕСОРКА МАКҐОНЕҐЕЛ *зажурена*, ГАРРІ *сповнений рішучості, а* ДЖІНІ *взагалі не певна, що їй робити.*

ПРОФЕСОРКА МАКҐОНЕҐЕЛ
Я не впевнена, що карта мародера призначалася для цього.

ГАРРІ
Якщо ви побачите їх разом, негайно йдіть туди і розлучіть їх.

ПРОФЕСОРКА МАКҐОНЕҐЕЛ
Гаррі, а ти впевнений, що це правильне рішення? Хоч я анітрохи не сумніваюся в мудрості кентаврів, але Бейн — це надзвичайно лютий кентавр, і... він легко може перекрутити пророцтва зірок для власних цілей.

ГАРРІ
Я довіряю Бейну. Албус мусить уникати Скорпія. Заради нього самого і заради блага інших.

ДЖІНІ
Гаррі, мабуть, має на увазі, що...

ГАРРІ *(рішуче втручається)*
Професорка знає, що я маю на увазі.

ДЖІНІ *здивовано дивиться на* ГАРРІ, *не розуміючи, чому він уриває її на півслові.*

ПРОФЕСОРКА МАКҐОНЕҐЕЛ

Албуса обстежили найвидатніші чаклуни і відьми країни, і ніхто з них не знайшов і не відчув жодних слідів лихих заклять чи прокльонів.

ГАРРІ

А Дамблдор... Дамблдор сказав...

ПРОФЕСОРКА МАКҐОНЕҐЕЛ

Що?

ГАРРІ

Його портрет. Ми розмовляли. Він сказав мені деякі слушні речі...

ПРОФЕСОРКА МАКҐОНЕҐЕЛ

Дамблдор помер, Гаррі. І я вже казала тобі раніше, що портрети не відображають навіть половини сутності тих, хто на них зображений.

ГАРРІ

Він сказав, що я засліплений любов'ю.

ПРОФЕСОРКА МАКҐОНЕҐЕЛ

Портрети директорів — це їхні спогади. Це своєрідний механізм підтримки рішень, які я маю приймати. Але коли я отримала цю посаду, мені радили не плутати портрети із зображеними на них особами. Тобі я теж дуже радила б цього не робити.

ГАРРІ

Але він мав рацію. Я тепер це бачу.

ПРОФЕСОРКА МАКҐОНЕҐЕЛ

Гаррі, на тебе звалився величезний тягар — зникнення Албуса, його пошуки, страхи й побоювання від того, що може означати біль у шрамі. Але повір, коли я тобі кажу, що ти робиш помилку...

ГАРРІ

Я не подобався Албусові раніше. Можливо, що й тепер

він не спалахне любов'ю до мене. Але він буде в безпеці. Я дуже вас шаную, Мінерво... але у вас немає дітей...

ДЖІНІ

Гаррі!

ГАРРІ

...ви цього не розумієте.

ПРОФЕСОРКА МАКҐОНЕҐЕЛ (*глибоко ображена*)

Я сподіваюся, що, пропрацювавши усе своє життя на вчительських посадах, я мала б...

ГАРРІ

Ця карта показуватиме вам, де перебуватиме мій син будь-якої миті... я маю надію, що ви скористаєтеся нею. Але якщо я довідаюсь, що цього не сталося... наслідки для школи будуть погані... для цього я застосую всі можливі міністерські важелі... вам це зрозуміло?

ПРОФЕСОРКА МАКҐОНЕҐЕЛ (*приголомшена його жорсткістю*)

Абсолютно.

ДЖІНІ *дивиться на* ГАРРІ, *не розуміючи, що з ним сталося. Він уникає її погляду.*

ДІЯ ДРУГА 🌙 СЦЕНА 11
ГОҐВОРТС,
КЛАС ЗАХИСТУ ВІД ТЕМНИХ МИСТЕЦТВ

АЛБУС *невпевнено заходить у класну кімнату.*

ГЕРМІОНА
А ось і він. Наш утікач з поїзда. Нарешті з нами.

АЛБУС
Герміоно?

Він здивований. **ГЕРМІОНА** *стоїть перед класом.*

ГЕРМІОНА
Якщо не помиляюся, до мене звертаються «професорко Ґрейнджер», Поттере.

АЛБУС
А що ви тут робите?

ГЕРМІОНА
Викладаю. Спокутуючи власні гріхи. А що ти тут робиш? Маю надію, що хочеш чогось навчитися.

АЛБУС
Але ж ви... ви... міністр магії.

ГЕРМІОНА
Тобі знову щось наснилося, Поттере? Сьогодні ми розглянемо закляття «Патронус».

АЛБУС *(спантеличено)*
То ви викладаєте захист від темних мистецтв?

Лунає хихикання.

ГЕРМІОНА
Я вже втрачаю терпець. Десять очок з Ґрифіндору за безглузді запитання.

ПОЛЛІ ЧЕПМЕН *(обурено зривається з місця)*
Ні. Ні. Він це навмисне робить. Бо він ненавидить Ґрифіндор, усі це знають.

ГЕРМІОНА
Прошу сідати, Поллі Чепмен, щоб не було гірше. *(ПОЛЛІ зітхає, однак сідає.)* І тобі, Албусе, я теж пропоную сісти. І припинити цю комедію.

АЛБУС
Але ж ви ніколи не були такою підступною.

ГЕРМІОНА
Ще двадцять очок з Ґрифіндору, щоб остаточно переконати Албуса в моїй підступності.

ЯН ФРЕДЕРІКС
Албусе, якщо ти зараз не сядеш...

АЛБУС *сідає.*

АЛБУС
Чи можу я лише сказати...

ГЕРМІОНА
Ні, не можеш. Краще помовч, Поттере, якщо не хочеш остаточно позбутися своєї колишньої популярності. Отже, хто мені може пояснити, що таке патронус? Що? Ніхто? Ви мене страшенно розчаровуєте.

ГЕРМІОНА криво осміхається. Вона й справді доволі підступна.

АЛБУС

Ні. Це вже точно маразм. Де Роуз? Вона б вам сказала, наскільки ви сміховинні.

ГЕРМІОНА

А хто така Роуз? Твоя невидима приятелька?

АЛБУС

Роуз Ґрейнджер-Візлі! Ваша донька! *(Він раптом усвідомлює, що сказав.)* Хоча, звичайно... якщо ви не одружені з Роном, то Роуз...

Чути хихотіння.

ГЕРМІОНА

Як ти посмів! П'ятдесят очок з Ґрифіндору. І попереджаю: якщо хто-небудь ще раз мене переб'є, це вже буде сто очок...

Вона роззирається довкола. Всі учні принишкли.

Отак воно краще. Патронус — це магічне закляття, втілення всіх ваших найпозитивніших емоцій, і воно набирає вигляду тварини, з якою ви відчуваєте найбільшу спорідненість. Це ваш світлий дар. Якщо ви зможете вичаклувати патронуса, то в такий спосіб захистите себе від усього найлихішого в світі. І цим у деяких наших ситуаціях краще оволодіти якомога швидше.

ДІЯ ДРУГА ◖ СЦЕНА 12

ГОҐВОРТС, СХОДИ

АЛБУС *іде вгору сходами. Озираючись довкола.*

Нічого не бачить. Виходить. Сходи починають рухатися, немовби пританцьовуючи.

Услід за ним вигулькує СКОРПІЙ. *Йому здається, що він помітив* АЛБУСА, *але бачить, що його там немає.*

Він безвольно опускається на підлогу, а сходи починають кружляти.

З'являється МАДАМ ГУЧ, *вона йде сходами вгору. Піднявшись, вона жестикулює* СКОРПІЮ, *щоб той рухався далі.*

Він так і робить. Виходить, похиливши спину... усім своїм виглядом демонструючи, наскільки йому погано й самотньо.

Знову з'являється АЛБУС *і піднімається вгору сходами.*

З'являється СКОРПІЙ *і йде вгору іншими сходами.*

Сходи перетинаються. Обидва хлопці дивляться одне на одного.

Розгублені і сповнені надії водночас.

АЛБУС *відвертається, і цю мить надії втрачено... як і втрачено, мабуть, їхню дружбу.*

І ось уже сходи розходяться врізнобіч... хлопці ще раз обмінюються поглядами... один з них сповнений відчуття провини... а другий повниться болем... і обидва хлопці почуваються нещасними.

ДІЯ ДРУГА 🌙 СЦЕНА 13

ДІМ ГАРРІ ТА ДЖІНІ ПОТТЕРІВ, КУХНЯ

ДЖІНІ й ГАРРІ сторожко дивляться одне на одного. Між ними назріває сварка, і вони обоє про це знають.

ГАРРІ

Це правильне рішення.

ДЖІНІ

Таке враження, що ти сам себе в цьому переконуєш.

ГАРРІ

Ти казала, щоб я був відвертим з ним, але насправді я мав бути чесним з самим собою, довіритися своєму серцю, почути, що воно мені каже...

ДЖІНІ

Гаррі, ти маєш чи не найдобріше серце з усіх-усіх чаклунів, які жили на цій землі, і я просто не вірю, що воно могло тобі таке підказати.

Чути стук у двері.

Твоє щастя, що хтось прийшов.

ДЖІНІ йде геть.
За мить з'являється ДРАКО, який ледве приховує свій гнів.

ДРАКО

Я не надовго. Але мушу тобі щось сказати.

ГАРРІ

Чим я можу допомогти?

ДРАКО

Я не хочу з тобою сваритися. Але мій син у сльозах, а я його батько, тому я й прийшов сюди запитати, чому ти руйнуєш такі гарні товариські стосунки.

ГАРРІ

Нічого я не руйную.

ДРАКО

Ти змінив шкільний розклад, погрожуєш учителям і самому Албусу. Чому?

> ГАРРІ *пильно дивиться на* ДРАКО *і відвертається.*

ГАРРІ

Я мушу оберігати свого сина.

ДРАКО

Від Скорпія?

ГАРРІ

Бейн мені сказав, що відчуває пітьму довкола мого сина. Поруч із ним.

ДРАКО

На що ти натякаєш, Поттере?

> ГАРРІ *обертається і дивиться* ДРАКО *просто в очі.*

ГАРРІ

А ти впевнений... ти справді впевнений, Драко, що він твій син?

> *Моторошна тиша.*

ДРАКО

Забери свої слова назад... негайно.

> *Але* ГАРРІ *цього не робить, і* ДРАКО *витягає чарівну паличку.*

ГАРРІ

Не варто тобі цього робити.

ДРАКО

Ні, варто.

ГАРРІ

Я не хочу завдати тобі болю, Драко.

ДРАКО

Як цікаво, бо я навпаки, хочу тобі завдати болю.

Вони налаштовуються на двобій. А тоді застосовують чарівні палички.

ДРАКО і ГАРРІ

Експеліармус!

Їхні палички зіштовхуються і відлітають назад.

ДРАКО

Зв'язатус!

ГАРРІ *ледве встигає ухилитися від закляття з* **ДРАКОВОЇ** *чарівної палички.*

ГАРРІ

Таранталеґра!

ДРАКО *відскакує вбік.*

ГАРРІ

Ти підтримував форму, Драко.

ДРАКО

А ти її втратив, Поттере. Денсоґіо!

ГАРРІ *ухиляється в останню мить.*

ГАРРІ

Ріктусемпра!

ДРАКО *захищається від закляття стільцем.*

ДРАКО

Фліпендо!

ГАРРІ злітає, кружляючи, в повітря. ДРАКО сміється.

Тримайся, старигане.

ГАРРІ

Ми з тобою одного віку, Драко.

ДРАКО

Але я краще тримаюся.

ГАРРІ

Брахабіндо!

Тепер ДРАКО міцно зв'язаний.

ДРАКО

Це все, на що ти здатний? Емансіпаре!

ДРАКО вивільняється з пут.

Левікорпус!

ГАРРІ спритно відскакує.

Мобілікорпус! Ой, як це кумедно...

ДРАКО змушує ГАРРІ підстрибувати на столі. А коли ГАРРІ відкочується геть, ДРАКО сам вискакує на стіл, тримаючи напоготові чарівну паличку, але ГАРРІ перший встигає уразити його закляттям...

ГАРРІ

Обскуро!

У ДРАКО на очах з'являється пов'язка, але він миттєво звільняється від неї.
Обидва лаштуються до чергового раунду бою... ГАРРІ жбурляє стільця.
ДРАКО встигає нахилитися й зупиняє стілець чарівною паличкою.

ДЖІНІ

Я тільки на три хвилини залишила кімнату!

Вона бачить, який на кухні розгардіяш. Дивиться на застиглі в повітрі стільці. Опускає їх на землю чарівною паличкою.

(Саркастичним до неможливості тоном) І що ж я такого пропустила?

ДІЯ ДРУГА ☾ СЦЕНА 14

ГОҐВОРТС, СХОДИ

СКОРПІЙ *засмучено спускається сходами. Назустріч йому дріботить* **ДЕЛЬФІ**.

ДЕЛЬФІ

Ну... якщо чесно... я не повинна бути тут.

СКОРПІЙ

Дельфі?

ДЕЛЬФІ

Що ж, можна сказати, що я ставлю під загрозу всю нашу операцію... хоч це не... ну, ти й сам знаєш, що я не авантюристка за своєю натурою. Я ще ніколи не була в Гоґвортсі. Тут досить слабенькі заходи безпеки, скажи? А скільки тих портретів. І коридорів. І привидів! Той чудернацький напівбезголовий привид сам підказав мені, де тебе знайти. Ти можеш у це повірити?

СКОРПІЙ

Ти ще ніколи не була в Гоґвортсі?

ДЕЛЬФІ

Я трохи... хворіла... ще в дитинстві... кілька років. Інші мусили йти до школи... а я — ні.

СКОРПІЙ

Ти була така... хвора? Вибач, я цього не знав.

ДЕЛЬФІ

Та я про це нікому не кажу... не хочу робити з себе трагічну постать, розумієш?

СКОРПІЙ *перетравлює цю інформацію. Хоче щось сказати, але* ДЕЛЬФІ *раптово зникає з виду, коли повз них проходить якийсь учень.* СКОРПІЙ *намагається вдавати безжурний вираз, поки той учень проходить повз нього.*

Нікого вже нема?

СКОРПІЙ

Дельфі, тобі, мабуть, надто небезпечно тут бути...

ДЕЛЬФІ

Ну... але ж комусь потрібно цим зайнятися.

СКОРПІЙ

Дельфі, нічого не вийшло з часоворотом, ми зазнали невдачі.

ДЕЛЬФІ

Я знаю. Албус вислав мені сову. У підручниках з історії трохи змінився зміст, але не набагато... Седрик усе одно загинув. Насправді, те, що він не впорався з першим завданням, лиш додало йому рішучості виграти друге.

СКОРПІЙ

А з Роном і Герміоною взагалі чортзна-що діється... і я ніяк не можу збагнути, чому.

ДЕЛЬФІ

Саме тому Седрик мусить зачекати. Усе так переплуталось, і ти правильно робиш, Скорпію, що не віддаєш нікому часоворот. Бо я ось що мала на увазі: хтось має зайнятися вами обома.

СКОРПІЙ

Он як.

ДЕЛЬФІ

Ви — найкращі друзі. Коли він присилає мені сови, я відчуваю, як йому самотньо без тебе. Він просто розбитий.

СКОРПІЙ

Здається, він таки знайшов, у кого можна поплакатися на плечі. Скільки він уже прислав тобі сов?

ДЕЛЬФІ *лагідно всміхається.*

Вибач. Я... не мав на увазі... я просто... не розумію, що відбувається. Я намагався побачитися з ним, поговорити, але щоразу, коли я роблю такі спроби, він просто втікає.

ДЕЛЬФІ

Знаєш, коли я була в твоєму віці, у мене не було справжнього друга. А я дуже хотіла його мати. Страшенно. В дитинстві навіть вигадала собі такого друга, але...

СКОРПІЙ

Я теж такого вигадав. І назвав його Фларрі. Ми розсварилися через те, хто краще знає правила гри в плюйкамінці.

ДЕЛЬФІ

Ти потрібен Албусу. І це чудово.

СКОРПІЙ

Навіщо я йому потрібен?

ДЕЛЬФІ

Для дружби. Ось чому це так чудово, ясно? Ти можеш не знати, що саме йому потрібно. Але все одно відчуваєш, що йому чогось бракує. Знайди його, Скорпію. Ви удвох... ви просто народжені одне для одного.

ДІМ ГАРРІ І ДЖІНІ ПОТТЕРІВ, КУХНЯ

ГАРРІ *і* **ДРАКО** *сидять віддалік один від одного. Між ними стоїть* **ДЖІНІ.**

ДРАКО

Вибач за розгардіяш на твоїй кухні, Джіні.

ДЖІНІ

Ой, та вона не моя. Тут здебільшого куховарить Гаррі.

ДРАКО

Я з ним теж не можу поговорити. Зі Скорпієм. Особливо з того часу... як відійшла Асторія... навіть про те, як на нього вплинула ця втрата. Хоч як намагаюсь, але не можу пробити стіну між нами. Ти не знаходиш спільної мови з Албусом. А я зі Скорпієм. Ось про що йдеться. Не про те, що мій син поганий. Ти можеш скільки завгодно вірити в те, що сказав той пихатий кентавр, але не забувай про силу дружби.

ГАРРІ

Драко, хай би що ти там думав...

ДРАКО

Я завжди заздрив тобі, тобто вам — з Роном і Герміоною. Я мав...

ДЖІНІ

...Креба і Ґойла.

ДРАКО

Двох бовдурів, які не могли відрізнити один кінець мітли від другого. Ви... ваша трійця... ви просто світилися, знаєш?

Ви подобалися одне одному. Вам було весело разом. Я заздрив вашій дружбі понад усе на світі.

ДЖІНІ

І я їм заздрила.

ГАРРІ *здивовано дивиться на* **ДЖІНІ.**

ГАРРІ

Я мушу його захистити...

ДРАКО

Мій батько теж думав, що захищає мене. Більшість часу. Мені здається, що кожен з нас мусить робити вибір... у відповідний момент... якою людиною він хоче стати. І мушу тобі сказати, що в такий момент потрібно мати біля себе когось із батьків або вірного друга. А якщо до того часу зненавидіти батька і не мати жодних друзів... тоді лишаєшся абсолютно самотнім. А бути самотнім... це так важко. Я був самотнім. І врешті опинився у найтемнішому куті. Надовго. Том Редл теж був у дитинстві самотній. Можливо, ти цього не розумієш, Гаррі, але я розумію це дуже добре... і Джіні, здається, теж.

ДЖІНІ

Це правда.

ДРАКО

Том Редл так і не зміг вирватися зі свого темного кута. І саме тому Том Редл став лордом Волдемортом. Можливо, та чорна хмара, яку побачив Бейн, — це Албусова самотність. Його біль. Його ненависть. Не запропасти хлопця. Бо пожалкуєш. І він пожалкує теж. Адже йому потрібен і ти, і Скорпій, знає він це чи ні.

ГАРРІ *дивиться на* **ДРАКО** *й замислюється.*
Хоче щось сказати. Розмірковує.

ДЖІНІ

Гаррі. Ти візьмеш порошок флу чи мені це зробити?

ГАРРІ *дивиться на дружину.*

ДІЯ ДРУГА ✤ СЦЕНА 16

ГОҐВОРТС, БІБЛІОТЕКА

СКОРПІЙ *заходить у бібліотеку. Дивиться ліворуч, право-*
руч. Бачить АЛБУСА. АЛБУС *теж його помічає.*

СКОРПІЙ

Привіт.

АЛБУС

Скорпію. Я не можу...

СКОРПІЙ

Я знаю. Ти зараз у Ґрифіндорі. Ти тепер не хочеш зі мною
бачитись. Але я вже все одно тут. Говорю з тобою.

АЛБУС

Ну, але я не можу говорити, бо...

СКОРПІЙ

Ти мусиш. Гадаєш, можна просто іґнорувати все, що від-
бувається? Світ збожеволів, ти це зауважив?

АЛБУС

Я знаю, о'кей? Рон став якийсь дивний. Герміона тепер
професорка, усе пішло не так, але...

СКОРПІЙ

І Роуз немає на світі.

АЛБУС

Я знаю. Послухай, я цього всього теж не можу збагнути,
але тобі тут не місце.

СКОРПІЙ

Через те, що ми вчинили, Роуз узагалі не народилася. Ти пам'ятаєш, як нам розповідали про Різдвяний бал під час Тричаклунського турніру? Тоді всі чемпіони вибрали собі партнерок. Твій тато вибрав Парваті Патіл, Віктор Крум...

АЛБУС

...Герміону. А Рон почав ревнувати й поводився як останній йолоп.

СКОРПІЙ

А от і ні. Я знайшов книжку, яку написала про них Ріта Скітер. І там усе не так. Рон привів на бал Герміону.

АЛБУС

Що?

ПОЛЛІ ЧЕПМЕН

Тс-с-с!

СКОРПІЙ *дивиться на* ПОЛЛІ *і стишує голос.*

СКОРПІЙ

Як свою подругу. І вони танцювали як друзі, і все було гарно, а потім він танцював з Падмою Патіл, і це було ще гарніше, а тоді вони почали зустрічатися, і він трохи змінився, після чого вони одружилися, а Герміона тим часом стала...

АЛБУС

...психопаткою.

СКОРПІЙ

Герміона мала йти на бал з Крумом... а ти знаєш, чому вона поміняла думку? Тому що запідозрила, що двоє дивних дурмстрензьких учнів, яких вона зустріла перед початком першого завдання, були якось пов'язані зі зникненням Седрикової чарівної палички. Вона повірила в те, що ми зірвали Седрику перше завдання за наказом Віктора...

АЛБУС

Оце так!

СКОРПІЙ

А без Крума Рон не мав жодних підстав для ревнощів, які були надважливі для подальшого розвитку подій. Таким чином Рон і Герміона залишилися чудовими друзями, але вони не закохалися... не одружилися... і *не народили Роуз*.

АЛБУС

То ось чому тато такий... Він теж змінився?

СКОРПІЙ

Я чомусь упевнений, що твій тато лишився такий самий. Голова відділу з дотримання магічних законів. Одружений з Джіні. Троє дітей.

АЛБУС

Чому ж він тоді такий...

У глибині кімнати з'являється БІБЛІОТЕКАРКА.

СКОРПІЙ

Ти мене чув, Албусе? Тут не йдеться про тебе й твого тата, це все значно серйозніше. Закон професора Кроукера: найдовший період часу, коли будь-хто може повернутися в минуле, не заподіявши серйозної шкоди ні самому собі, ні плинові часу, дорівнює п'ятьом годинам. А ми повернулися назад на багато років. Найменша мить, найменша зміна породжує часові брижі. А ми... ми спричинилися до дуже поганих брижів. Роуз так ніколи й не народилася через цю нашу авантюру. Роуз.

БІБЛІОТЕКАРКА

Тс-с-с!

АЛБУС *гарячково розмірковує.*

АЛБУС

Добре, тоді вертаймося назад... і виправимо це все. Повернемо Седрика й Роуз.

СКОРПІЙ

...це неправильна відповідь.

АЛБУС

Часоворот досі в тебе, правда? Ніхто його не знайшов?

СКОРПІЙ *витягає його з кишені.*

СКОРПІЙ

Так, але...

АЛБУС *вихоплює його з рук* СКОРПІЯ.

Ні. Не треба... Албусе. Невже ти не розумієш, наскільки все можна зіпсувати?!

СКОРПІЙ *намагається забрати часоворот,* АЛБУС *його відштовхує, вони починають незграбно вовтузитись.*

АЛБУС

Треба все виправити, Скорпію. Седрикові потрібен рятунок. І Роуз теж треба повернути назад. Ми діятимемо обережніше. Хай би що там говорив Кроукер, повір мені, повір нам. Цього разу ми все зробимо правильно.

СКОРПІЙ

Ні. Не зробимо. Віддай його мені, Албусе! Віддай!

АЛБУС

Не можу. Це надто важливо.

СКОРПІЙ

Так, це занадто важливо... це не для нас. Ми з цим не впораємось. Ми все зіпсуємо.

АЛБУС

Хто каже, що ми все зіпсуємо?

СКОРПІЙ

Я кажу. Тому що ми завжди це робимо. Ми творимо хаос. Зазнаємо невдачі. Ми просто невдахи, цілковиті нікчемні невдахи. Невже ти й досі цього не збагнув?

АЛБУС *нарешті бере гору і притискає* СКОРПІЯ *до підлоги.*

АЛБУС

Ну, але до зустрічі з тобою я невдахою не був.

СКОРПІЙ

Албусе, хоч би що ти там намагався довести своєму татові... це не той спосіб...

АЛБУС

Я не збираюся нічого доводити татові. Я мушу врятувати Седрика, щоб врятувати Роуз. І, можливо, якщо ти мені не заважатимеш, я свого доб'юся.

СКОРПІЙ

Без мене? Ой, бідолашний Албусе Поттере. Ображений на весь світ. Бідолашний Албусе Поттере. Як сумно.

АЛБУС

Що ти таке верзеш?

СКОРПІЙ *(вибухає)*

Спробуй побути в моїй шкурі! Люди озираються на тебе, бо твій тато — знаменитий Гаррі Поттер, рятівник чаклунського світу. А на мене вони зирять, бо думають, що мій батько — Волдеморт. Волдеморт.

АЛБУС

Навіть не...

СКОРПІЙ

Ти можеш хоч на мить уявити, як мені? Ти хоч намагався колись це уявити? Ні. Бо ти не можеш бачити далі власного носа. Не бачиш нічого, крім своїх ідіотських стосунків з татом. Він завжди буде Гаррі Поттером, ти це знаєш? А ти будеш завжди його сином. Я розумію, як це важко, і які жахливі всі інші діти, але ти мусиш навчитися давати собі раду з цим усім... бо є речі набагато гірші, ясно?

Пауза.

Був такий момент, коли я відчув піднесення, коли збагнув, що змінився час, і в цей момент я подумав, що, може, моя мама не захворіла. Може, вона не померла. Але ж ні, вона таки померла. І я й досі дитя Волдеморта, без матері, і я співчуваю хлопцеві, який ніколи не співчуває мені. Тому вже вибач, якщо я зруйнував тобі життя, але ось що я скажу... моє життя ти вже не зможеш зруйнувати... воно вже й так зруйноване. Просто ти нічим мені не допоміг. Бо ти жахливий... найгірший і невдячний... друг.

АЛБУС *намагається усе це перетравити. Він усвідомлює, що вчинив зі своїм другом.*

ПРОФЕСОРКА МАКҐОНЕҐЕЛ *(здалека)*
Албусе? Албусе Поттере. Скорпію Мелфою. Ви знову разом? Я вам раджу цього не робити.

АЛБУС *дивиться на* СКОРПІЯ *і витягає з сумки плащ.*

АЛБУС
Швидко. Нам треба сховатися.

СКОРПІЙ
Що?

АЛБУС
Скорпію, дивись на мене.

СКОРПІЙ
Це плащ-невидимка? Джеймсів?

АЛБУС
Якщо вона нас застукає, то нас роз'єднають назавжди. Будь ласка. Я ще не все зрозумів. Будь ласка.

ПРОФЕСОРКА МАКҐОНЕҐЕЛ *(здалека, намагаючись дати їм останній шанс)*
Я вже підходжу.

ПРОФЕСОРКА МАКҐОНЕҐЕЛ *з'являється в кімнаті, тримаючи в руках карту мародера. Хлопці зникають під плащем. Вона сердито роззирається довкола.*

Ну, де ж вони... ніколи не хотіла мати справу з цією штуковиною, а тепер вона вичворяє зі мною різні фокуси.

Вона замислюється. Знову дивиться на карту. Визначає, де вони мають бути. Роззирається по кімнаті. Речі рухаються, коли їх проминають невидимі хлопці. Вона бачить, куди вони йдуть і намагається їх зупинити. Але вони її оминають.

Хіба... хіба що... це плащ твого батька.

Вона знову дивиться на карту, а потім на хлопців. Усміхається сама до себе.

Ну, якщо я вас не побачила, то й не побачила.

Вона виходить. Хлопці скидають плаща. Якусь мить сидять мовчки.

АЛБУС

Так, я поцупив його у Джеймса. Це було дуже легко, бо на замочку до скрині він встановив комбінацію цифр з датою того дня, коли він отримав свою першу мітлу. З плащем мені було легше уникати придурків, що до мене чіплялися.

СКОРПІЙ киває.

Мені дуже жаль... за твоєю мамою. Я знаю, що ми нечасто про неї говорили... але сподіваюся, ти знаєш... мені справді дуже жаль... це так жахливо... що сталося з нею... і з тобою.

СКОРПІЙ

Дякую.

АЛБУС

Мій тато сказав... що ти був тією чорною хмарою довкола мене. Він почав думати... і я просто знав, що мушу триматися подалі, бо інакше мій тато міг би...

СКОРПІЙ

Твій тато вірить у ці чутки... що я син Волдеморта?

АЛБУС *(киває)*

Його відділ якраз це все розслідує.

СКОРПІЙ

Добре. Ну й нехай. Іноді... іноді я й сам уже починаю думати... що це правда.

АЛБУС

Ні. Неправда. І я скажу тобі, чому. Тому що Волдеморт, на мою думку, просто був не здатен мати доброго сина... такого, як ти, Скорпію. Бо ти добрий до кінчиків своїх пальців, до глибини свого нутра. Я справді впевнений, що Волдеморт... що він не міг би породити таку дитину, як ти.

Пауза. СКОРПІЙ *зворушений цими словами.*

СКОРПІЙ

Це гарно... дуже гарно з твого боку.

АЛБУС

Я вже давно мав би тобі це сказати. Бо ти, мабуть, найкращий з тих, кого я знаю. І ти не... ти не міг би... мені завадити... ти робиш мене сильнішим... а коли тато нас роз'єднав... без тебе...

СКОРПІЙ

Моє життя без тебе теж було препаскудне.

АЛБУС

І я знаю, що завжди залишатимусь сином Гаррі Поттера... я ще з цим спробую розібратись... і знаю, що моє життя порівняно з твоїм зовсім нормальне, і що ми з татом порівняно щасливі, і...

СКОРПІЙ *(перебиває його)*

Албусе, твої вибачення чудові і шляхетні, але ти знову починаєш говорити більше про себе, ніж про мене, тому, мабуть, краще вчасно зупинитися.

АЛБУС *усміхається і простягає руку.*

АЛБУС

Дружба.

СКОРПІЙ

Назавжди.

СКОРПІЙ подає руку, і АЛБУС *пригортає* СКОРПІЯ *до себе.*

Ти вже вдруге це робиш.

Хлопці вивільняються з обіймів і усміхаються.

АЛБУС

Але я радий цій непростій розмові, бо мені стрельнула в голову цікава думка.

СКОРПІЙ

Про що?

АЛБУС

Про друге завдання. І про приниження.

СКОРПІЙ

Ти й далі говориш про мандрівку в минуле? Ми знову повертаємось до тієї самої теми?

АЛБУС

Ти казав правду... ми невдахи. Ми просто геніальні невдахи, тож мусимо скористатися цим своїм досвідом. Цією своєю силою. Невдах привчають бути невдахами. І для цього є лише один спосіб... і ми його знаємо краще за інших... це — приниження. Ми мусимо його принизити, зганьбити. І саме це ми зробимо під час другого завдання.

СКОРПІЙ замислюється... на довший час... а тоді усміхається.

СКОРПІЙ

Це справді добра думка.

АЛБУС

Я знаю.

СКОРПІЙ

Тобто доволі ефектна. Принизити Седрика задля його порятунку. Розумний хід. А Роуз?

АЛБУС

А це вже буде геніальна несподіванка. Я міг би це зробити без тебе... але я хочу, щоб ти там був. Хочу, щоб ми це зробили разом. Разом навели у всьому лад. То що... вирушиш зі мною?

СКОРПІЙ

Почекай-почекай, а друге завдання не було... не було пов'язане... з озером, і хіба тобі не заборонено залишати шкільну будівлю?

АЛБУС *шкіриться.*

АЛБУС

Так. Для цього... нам треба знайти дівочий туалет на другому поверсі.

ДІЯ ДРУГА ✦ СЦЕНА 17

ГОҐВОРТС, СХОДИ

РОН *стомлено спускається сходами. Він бачить* ГЕРМІОНУ, *і вираз його обличчя цілком міняється.*

РОН

Професорко Ґрейнджер.

ГЕРМІОНА *підводить голову, а її серце теж легенько тьохкає (хоч вона й не подає виду)*

ГЕРМІОНА

Роне. Що ти тут робиш?

РОН

Панджу мав невеличку халепу на уроці зілля й настійок. Випендрювався, звісно, змішав не ті складники, і тепер залишився без брів, зате з великими вусами. Які йому зовсім не пасують. Я не хотів приходити, але Падма каже, що коли йдеться про зайве волосся на обличчі, хлопцям краще мати справу з батьком, а не з матір'ю. А що ти зробила зі своєю зачіскою?

ГЕРМІОНА

Та нічого, просто зачесалася гребінцем.

РОН

Ну... але тобі це личить.

ГЕРМІОНА *здивовано придивляється до* РОНА.

ГЕРМІОНА

Роне, чого ти так втупився на мене?

РОН *(набираючись упевненості)*

Знаєш, син Гаррі, Албус... сказав мені недавно, що він думав, ніби ми з тобою були... одружені. Ха-ха. Ха-ха. Смішно, я знаю.

ГЕРМІОНА

Дуже смішно.

РОН

Він навіть думав, що в нас є донька. Дивно, чи не так?

Вони зустрічаються поглядами. ГЕРМІОНА перша відводить очі.

ГЕРМІОНА

Дуже дивно.

РОН

Саме так. Ми... друзі, ось і все.

ГЕРМІОНА

Абсолютно. Тільки... друзі.

РОН

Тільки... друзі. Кумедне це слово... друзі. Хоча чому кумедне. Це просто слово. Друзі. Друзі. Кумедні друзі. Ти моя кумедна подруга, моя Герміона. Ну, не те щоб... не моя Герміона, розумієш... не МОЯ Герміона... не МОЯ... розумієш, але...

ГЕРМІОНА

Я розумію.

Мовчанка. Ніхто з них навіть не ворухнувся. Мовби бояться сполохати зайвим рухом щось дуже важливе. Зрештою РОН прокашлюється.

РОН

Ну. Мушу йти. Рятувати Панджу. Навчати його тонкого мистецтва догляду за вусами.

Починає йти, тоді обертається і дивиться на ГЕРМІ-ОНУ. *Вона відповідає йому поглядом, але він квапливо йде далі.*

Твоя зачіска справді дуже тобі личить.

ДІЯ ДРУГА ✦ СЦЕНА 18

ГОГВОРТС, ДИРЕКТОРСЬКИЙ КАБІНЕТ

ПРОФЕСОРКА МАКҐОНЕҐЕЛ *на сцені сама. Вона дивиться на карту. Хмурить брови. Вдаряє по карті чарівною паличкою. Усміхається сама собі, прийнявши гарне рішення.*

ПРОФЕСОРКА МАКҐОНЕҐЕЛ
Шкоди заподіяно.

> *Лунає гуркіт.*
> *Здається, мовби ціла сцена починає трястися.*
> *Спочатку з каміна вигулькує* ДЖІНІ, *за нею —* ГАРРІ.

ДЖІНІ
Пані професорко, не надто шляхетний засіб пересування.

ПРОФЕСОРКА МАКҐОНЕҐЕЛ
Поттере, ти знову тут. І цього разу, здається, остаточно знівечив мій килим.

ГАРРІ
Я мушу знайти сина. Ми мусимо.

ПРОФЕСОРКА МАКҐОНЕҐЕЛ
Гаррі, я поміркувала і вирішила, що не хочу брати в цьому участі. Попри всі твої погрози, я...

ГАРРІ
Мінерво, я прийшов заради миру, а не війни. Я не повинен був так з вами розмовляти.

167

ПРОФЕСОРКА МАКҐОНЕҐЕЛ

Я просто не думаю, що можу втручатися в чиюсь дружбу, і вірю в те...

ГАРРІ

Я хочу вибачитися перед вами і перед Албусом, ви дасте мені таку змогу?

За ними вигулькує притрушений кіптявою **ДРАКО**.

ПРОФЕСОРКА МАКҐОНЕҐЕЛ

Драко?

ДРАКО

Йому треба побачитися зі своїм сином, а мені зі своїм.

ГАРРІ

Я ж казав... заради миру... не війни.

ПРОФЕСОРКА МАКҐОНЕҐЕЛ *пильно вдивляється в його обличчя і розуміє, що він каже це щиро. Знову витягає з кишені карту. Розгортає її.*

ПРОФЕСОРКА МАКҐОНЕҐЕЛ

Ну, якщо заради миру, то я готова взяти в цьому участь.

Вдаряє по карті чарівною паличкою.

Урочисто присягаю не затівати нічого доброго.

Карта оживає.

Ось, вони там разом.

ДРАКО

У дівочому туалеті на другому поверсі. Якого біса їх туди занесло?

ДІЯ ДРУГА ✦ СЦЕНА 19

ГОҐВОРТС, ДІВОЧИЙ ТУАЛЕТ

СКОРПІЙ *і* АЛБУС *заходять у туалет. Там посередині чимала умивальниця вікторіанського стилю.*

СКОРПІЙ
Дозволь мені уточнити... у нас заплановане Розбухання...

АЛБУС
Так. Скорпію, подай той кусень мила...

СКОРПІЙ *бере з умивальниці мило.*

Енґорджіо!

З його чарівної палички через усю кімнату шугає блискавка. Мило розбухає і стає вчетверо більшим.

СКОРПІЙ
Гарно. Скажу тобі, що я розбуховражений наповал.

АЛБУС
Друге завдання пов'язане з озером. Учасники мали врятувати заручників, і виявилося, що це...

СКОРПІЙ
...люди, яких вони любили.

АЛБУС
Седрик, пливучи в озері, застосував бульбашкоголові чари. Нам лише треба знайти його там і перетворити заклинанням-розбуханням на щось величезне. Ми вже

знаємо, що часоворот діє недовго, тому треба зробити все швидко. Наблизитися до нього, зробити так, щоб розбухла його голова, а потім просто дивитися, як він випливатиме з озера... не виконавши завдання... і не закінчивши турнір...

СКОРПІЙ

Але... ти так і не сказав, як ми потрапимо в те озеро...

І тут раптово з умивальниці шугає струмінь води, і там з'являється мокра як хлющ ПЛАКСИВА МІРТА.

ПЛАКСИВА МІРТА

Овва. Прекрасне відчуття. Ніколи цим не захоплювалася. Але в такому поважному віці починаєш задовільнятися тим, що є...

СКОРПІЙ

Звичайно... ви просто геніальна... Плаксива Мірто...

ПЛАКСИВА МІРТА *накидається на* СКОРПІЯ.

МІРТА

Як ти мене назвав? Хіба я плачу? Я що тепер, заплакана? Я плачу? Плачу?

СКОРПІЙ

Та ні, я не мав на увазі...

ПЛАКСИВА МІРТА

Як мене звати?

СКОРПІЙ

Мірта.

ПЛАКСИВА МІРТА

Отож бо... Мірта. Мірта-Елізабет Воррен... красиве ім'я... моє ім'я. До чого тут Плаксива.

СКОРПІЙ

Ну...

ПЛАКСИВА МІРТА *(хихотить)*

Тут уже давненько не було хлопців. У моєму туалеті. В дівочому туалеті. Ну, це некультурно... але, зрештою, я завжди поблажливо ставилася до Поттерів. А до Мелфоя мала тільки часткове упередження. То чим я можу вам прислужитися?

АЛБУС

Ви були там, Мірто... в озері. Про вас писали. Туди має бути якийсь вихід з цих труб.

ПЛАКСИВА МІРТА

Я скрізь бувала. Але яке саме місце ти маєш на увазі?

АЛБУС

Друге завдання. Завдання в озері. Під час Тричаклунського турніру. Двадцять п'ять років тому. Гаррі й Седрик.

ПЛАКСИВА МІРТА

Який жаль, що такий красунчик мусив померти. Не те, щоб твій батько не був привабливий... але Седрик Діґорі... ти здивувався б, скількох дівчат я чула тут, у цьому туалеті, коли вони намагалися вичаклувати любовні чари... і як вони ридали після його загибелі.

АЛБУС

Допоможіть нам, Мірто, допоможіть потрапити в це озеро.

ПЛАКСИВА МІРТА

Ти гадаєш, що я можу допомогти вам мандрувати в часі?

АЛБУС

Нам треба, щоб ви тримали все в секреті.

ПЛАКСИВА МІРТА

Обожнюю секрети. Я не скажу жодній душі. Клянуся мовчати, як риба, до самої смерті. Ну, або... відповідник такої клятви для привидів. Ти ж розумієш.

АЛБУС *киває* **СКОРПІЮ**, *і той витягає часоворот.*

АЛБУС

Ми можемо подорожувати в часі. А ви поможіть нам помандрувати трубами. Ми хочемо врятувати Седрика Діґорі.

ПЛАКСИВА МІРТА *(усміхається)*

Ну, це має бути цікаво.

АЛБУС

І нам не можна гаяти часу.

ПЛАКСИВА МІРТА

Саме ось ця умивальниця. Вона виходить прямісінько в озеро. Це порушення всіх статутів, але ця школа завжди була старомодною. Пірнайте сюди, і вас винесе прямо в озеро.

АЛБУС вилазить на умивальницю, скидаючи мантію. СКОРПІЙ робить те саме. АЛБУС дає СКОРПІЮ якесь зелене листя в мішечку.

АЛБУС

Це для мене і для тебе.

СКОРПІЙ

Зяброрості? Ми скористаємося зяброростями? Щоб дихати під водою?

АЛБУС

Так, як зробив мій тато. Ну що, готовий?

СКОРПІЙ

Не забудь, що цього разу, нас не повинен захопити зненацька час...

АЛБУС

П'ять хвилин на все про все, перш ніж нас затягне назад у сучасне.

СКОРПІЙ

Скажи мені, що тепер усе буде добре.

АЛБУС *(широко усміхаючись)*
Усе буде просто ідеально. Готовий?

АЛБУС бере зяброрості і зникає десь унизу.

СКОРПІЙ
Ні, Албусе... Албусе...

Він дивиться на ПЛАКСИВУ МІРТУ, *вони залишилися удвох.*

ПЛАКСИВА МІРТА
Мені подобаються хоробрі хлопці.

СКОРПІЙ *(трішечки переляканий, крапельку хоробрий)*
Тоді я готовий. До всього.

Він бере зяброрості і зникає десь унизу.
ПЛАКСИВА МІРТА залишається на сцені сама.
Раптово потужний спалах світла і розкотистий гуркіт. І час зупиняється. А тоді, після недовгого розмірковування, він починає розмотуватися у зворотному напрямку...
Хлопці зникли.
На сцену вбігає ГАРРІ, *його обличчя дуже похмуре. Услід за ним з'являються* ДРАКО, ДЖІНІ *і* ПРОФЕСОРКА МАКҐОНЕҐЕЛ.

ГАРРІ
Албусе... Албусе...

ДЖІНІ
Його немає.

Вони знаходять на підлозі мантії хлопців.

ПРОФЕСОРКА МАКҐОНЕҐЕЛ *(дивлячись на карту)*
Він зник. Ні, він рухається кудись попід територією Гоґвортсу, ні, він знову зник...

ДРАКО
Як він це робить?

ПЛАКСИВА МІРТА

Він користується такою маленькою гарненькою штучкою.

ГАРРІ

Мірто!

ПЛАКСИВА МІРТА

Упс, ти мене викрив. А я так намагалася сховатися. Привіт, Гаррі. Вітаю, Драко. Ви знову стали нечемними хлопчиками?

ГАРРІ

Якою штучкою він користується?

ПЛАКСИВА МІРТА

Я думаю, що це секрет, але від тебе, Гаррі, я ніколи нічого не вміла приховувати. Як це так, що з віком ти стаєш вродливіший? Та ще й вищий на зріст.

ГАРРІ

Мій син у небезпеці. Мені потрібна твоя допомога. Що вони замислили, Мірто?

ПЛАКСИВА МІРТА

Він хоче врятувати хлопчика-красунчика. Такого собі Седрика Діґорі.

ГАРРІ відразу усвідомлює, що сталося, і його охоплює жах.

ПРОФЕСОРКА МАКҐОНЕҐЕЛ

Але ж Седрик Діґорі помер багато років тому...

ПЛАКСИВА МІРТА

Він мав дуже впевнений вигляд, гадаючи, що зможе обійти цю перепону. Він взагалі дуже впевнений у собі, як і ти, Гаррі.

ГАРРІ

Він почув, як я розмовляв... з Амосом Діґорі... невже він зміг дістати... міністерський часоворот. Ні, це неможливо.

ПРОФЕСОРКА МАКҐОНЕҐЕЛ

Міністерський часоворот? Я думала, що їх знищили?

ПЛАКСИВА МІРТА

Невже всі такі неслухняні?

ДРАКО

Хтось може пояснити, що діється? Будь ласка!

ГАРРІ

Албус і Скорпій не зникають і знову з'являються... вони подорожують. Подорожують у часі.

ДІЯ ДРУГА ◢ СЦЕНА 20

ТРИЧАКЛУНСЬКИЙ ТУРНІР, ОЗЕРО, 1995 РІК

ЛУДО БЕҐМЕН

Пані й панове, хлопчики й дівчатка, дозвольте мені відкрити... найвидатніший... найлегендарніший... єдиний... і неперевершений ТРИЧАКЛУНСЬКИЙ ТУРНІР! Якщо ви з Гоґвортсу, я хочу вас почути.

Гучні вигуки й оплески.
АЛБУС і СКОРПІЙ якраз перепливають озеро. Легко й невимушено занурюються під воду.

Якщо ви з Дурмстренґу — я теж хочу вас чути.

Вигуки й оплески.

А ЯКЩО ВИ З БОБАТОНУ, ВАС Я ТЕЖ ХОЧУ ПОЧУТИ.

Уже не такі слабенькі вигуки й оплески.

Оце вже відчувається французьке завзяття.
Ну, от і почалося... Віктор, звісно, акула, Флер має розкішний вигляд, бравий, як завжди, Гаррі користується зяброростями, розумник Гаррі, дуже розумний хід... а Седрик... ну, це ж Седрик, яка приємна несподіванка, пані й панове, Седрик лине озером, застосувавши бульбашкоголові чари.

СЕДРИК ДІҐОРІ наближається до них у воді з бульбашкою довкола голови. АЛБУС і СКОРПІЙ разом підіймають угору чарівні палички і вистрілюють у воді заклинанням-розбуханням.
СЕДРИК повертається і спантеличено дивиться на них.

І враз у нього влучає заклинання. Вода довкола нього стає золотистою.
СЕДРИК *починає розбухати... ще і ще... а потім ще більше. Він роззирається довкола... охоплений панікою. А хлопці дивляться, як* СЕДРИК *у воді безпомічно підіймається вгору.*

Але ні, що це... Седрик Діґорі виринає з води, і він, здається, не може продовжувати змагання. Ой, пані й панове, ми ще не маємо переможця, але невдаху, який програв, ми точно вже маємо. Седрик Діґорі перетворюється на повітряну кульку, і ця кулька хоче злетіти в повітря. Злетіти, пані й панове, злетіти! Не виконавши завдання і вилетівши з турніру... Ой, лишенько, це вже якесь божевілля — довкола Седрика вибухають вогні феєрверку зі словами «Рон кохає Герміону»... глядачам це дуже подобається... Ой, пані й панове, гляньте на вираз Седрикового обличчя. Яке ж то видовище, яка ж то картинка, яка ж то трагедія. Це просто ганьба і приниження, у мене немає інших слів.

АЛБУС *у воді усміхається від вуха до вуха і переможно ляскає долонею об долоню* СКОРПІЯ.
АЛБУС *показує вгору,* СКОРПІЙ *киває, і вони починають підніматися вгору, щоб виринути.* СЕДРИК *злітає в повітря, люди починають реготати, і все змінюється.*
Світ стає темнішим. Світ стає майже суцільно чорним. А тоді спалах. І вибух. І цокання часоворота зупиняється. А ми знову в теперішньому часі.
Раптово з'являється СКОРПІЙ, *стрімко виринаючи з води. Він тріумфує.*

СКОРПІЙ
Ура-а-а-а... Ура-а-а-а!

Здивовано озирається. Де Албус? Піднімає вгору руки.

Ми це зробили!

Ще трохи чекає.

Албусе?

Албуса немає. СКОРПІЙ *трохи пропливає, потім замислюється, після чого ще раз пірнає вглиб.*
Знову виринає. Тепер уже по-справжньому охоплений панікою. Роззирається.

Албусе... АЛБУСЕ... АЛБУСЕ...

Тут чути шепіт парселмовою. Цей шепіт швидко заповнює глядацький зал. Він наближається. Він наближається. Він наближається.

ДОЛОРЕС АМБРИДЖ
Скорпію Мелфой. Вилазь з озера. Вилазь з озера. Негайно.

Вона витягає його з води.

СКОРПІЙ
Міс. Потрібна допомога. Прошу вас, міс.

ДОЛОРЕС АМБРИДЖ
Міс? Яка я тобі міс, я професорка Амбридж, директорка школи.

СКОРПІЙ
Ви директорка? Але ж я...

ДОЛОРЕС АМБРИДЖ
Я директорка, і хоч би якою високошановною була твоя родина... це аж ніяк не виправдовує твоєї нікчемної і безглуздої поведінки.

СКОРПІЙ
Там у озері є хлопець. Потрібна допомога. Я шукаю свого друга, міс. Професорко. Директорко. Одного з Гоґвортських учнів, міс. Я шукаю Албуса Поттера.

ДОЛОРЕС АМБРИДЖ
Поттера? Албуса Поттера? Тут такого учня немає. Уже багато років у Гоґвортсі не було жодного Поттера... і цього хлопця теж тут не було. Хай спочиває собі Гаррі

Поттер, хоч не так з миром, як з вічним сум'яттям. Жахливий баламут.

СКОРПІЙ
Гаррі Поттер помер?

Раптом у глядацькому залі відчувається порив вітру. Довкола людей з'являються чорні плащі. Плащі обертаються в чорні постаті. Постаті дементорів. Дементори летять над глядачами. Ці страхітливі чорні обриси, ці страхітливі чорні сили. Вони навіюють абсолютний жах. І висмоктують дух із глядацької зали. Вітер не вщухає. Це справжнє Пекло. І враз із глибини зали долинає сичання, що розходиться довкола. Слова, вимовлені голосом, який не сплутати з жодним іншим. Голосом ВОЛДЕМОРТА...

Гаааррі Поотттттер...

Сон Гаррі матеріалізувався.

ДОЛОРЕС АМБРИДЖ
Ти що, наковтався там якогось дуру? Став бруднокровцем, а ми цього й не помітили? Гаррі Поттер помер понад двадцять років тому під час тієї невдалої спроби шкільного перевороту... він був одним з тих Дамблдорових терористів, яких ми відважно здолали у Битві за Гоґвортс. А тепер ходи... не знаю, що за гру ти тут затіяв, але ти псуєш настрій дементорам і псуєш нам святкування Дня Волдеморта.

Шепіт на парселмові дедалі гучнішає і гучнішає. Стає просто потворно лунким. А на сцену опускаються величезні знамена з символом змії.

СКОРПІЙ
Дня Волдеморта?

Затемнення.

КІНЕЦЬ ПЕРШОЇ ЧАСТИНИ

ЧАСТИНА ДРУГА

ЧАСТИНА ДРУГА
ДІЯ ТРЕТЯ

ДІЯ ТРЕТЯ ⟩ СЦЕНА I

ГОҐВОРТС, ДИРЕКТОРСЬКИЙ КАБІНЕТ

СКОРПІЙ *заходить у кабінет* ДОЛОРЕС АМБРИДЖ. *На ньому темніший, чорніший одяг. У нього задумливий вираз обличчя. Він і досі напружений і насторожений.*

ДОЛОРЕС АМБРИДЖ

Скорпію. Дуже дякую, що прийшов до мене.

СКОРПІЙ

Пані директорко.

ДОЛОРЕС АМБРИДЖ

Скорпію, я вже давно думала про те, що в тебе є потенціал стати старостою школи. Ти чистокровний, вроджений лідер, атлетично збудований...

СКОРПІЙ

Атлетично?

ДОЛОРЕС АМБРИДЖ

Не треба зайвої скромності, Скорпію. Я спостерігала за тобою на квідичному полі, ти завиграшки можеш ловити будь-який снич. Тебе всі високо цінують як учня. Цінує наш учительський колектив. І я тебе дуже ціную. Я вельми позитивно характеризувала тебе в депешах до Авгурії. Наша спільна праця, виведення на чисту воду слабеньких, дилетантських учнів зробили нашу школу безпечнішим... чистішим... місцем.

СКОРПІЙ
Справді?

Здалека долинає вереск. **СКОРПІЙ** *озирається в той бік. Але він відкидає недоречну думку. Мусить себе контролювати.*

ДОЛОРЕС АМБРИДЖ
Але за ці три дні, відколи я знайшла тебе в озері на День Волдеморта, ти ставав... усе дивніший і дивніший... а надто, якщо взяти до уваги твою раптову одержимість Гаррі Поттером...

СКОРПІЙ
Я не...

ДОЛОРЕС АМБРИДЖ
Ці твої розпитування всіх про Битву за Гоґвортс. Про те, як помер Гаррі Поттер. Чому він помер. Це безглузде захоплення Седриком Діґорі... Скорпію... ми перевірили, чи не закляв тебе хтось абощо... але нічого такого не знайшли... тому я хочу спитати, що я можу зробити... щоб ти знову став таким, як був...

СКОРПІЙ
Ні. Нічого не треба. Зі мною все гаразд. То було тимчасове запаморочення. Оце й усе.

ДОЛОРЕС АМБРИДЖ
То ми й надалі можемо працювати разом?

СКОРПІЙ
Можемо.

Вона прикладає руку до серця і складає докупи зап'ястки.

ДОЛОРЕС АМБРИДЖ
За Волдеморта і доблесть.

СКОРПІЙ *(намагаючись її копіювати)*
За... е-е... так.

185

ДІЯ ТРЕТЯ ⌒ СЦЕНА 2

ГОҐВОРТС, ТЕРИТОРІЯ ШКОЛИ

КАРЛ ДЖЕНКІНС
Гей, Король Скорпіонів, дай п'ять!

СКОРПІЙ приймає вітання. Воно болюче, але він не подає виду.

ЯНН ФРЕДЕРІКС
Усе як домовлено, сьогодні ввечері?

КАРЛ ДЖЕНКІНС
Бо ми готові вибити з бруднокровців пару секретів.

ПОЛЛІ ЧЕПМЕН
Скорпію.

ПОЛЛІ ЧЕПМЕН стоїть на сходах, і СКОРПІЙ здивовано повертається до неї, не чекаючи, що вона назве його ім'я.

СКОРПІЙ
Поллі Чепмен?

ПОЛЛІ ЧЕПМЕН
З'ясуємо все зараз? Я знаю, що всім нетерпеливиться дізнатись, кого ти запросиш, бо сам розумієш, що мусиш когось запросити, а мене вже запрошували троє, та я їм відмовила, і знаю, що я така не одна. Тобто на той випадок, якби ти збирався запросити мене.

СКОРПІЙ

Ага.

ПОЛЛІ ЧЕПМЕН

І це було б чудово... Якби ти цього хотів. Бо ходять чутки, що... ти в цьому зацікавлений. І я просто хотіла уточнити... просто зараз... що я теж зацікавлена. І це вже не якісь там чутки. Це... ф-а-к-т... факт.

СКОРПІЙ

Це... е-е... чудово, але... про що мова?

ПОЛЛІ ЧЕПМЕН

Та ж про Кривавий бал, звичайно... Кого ти... король Скорпіонів, запрошуєш на Кривавий бал.

СКОРПІЙ

Ти... Поллі Чепмен... хочеш, щоб я запросив тебе на... бал?

Десь за його спиною лунає вереск.

Хто там верещить?

ПОЛЛІ ЧЕПМЕН

Та ж бруднокровці, хто ще? У підвалах. Ти ж сам це придумав! Та що це з тобою? Поттеру його ковінька, я знову заплямила туфельки кров'ю...

Вона нахиляється й ретельно витирає з туфельок кров.

Як твердить Авгурія... майбутнє в наших руках... тому я й тут... творю своє майбутнє... з тобою. За Волдеморта і доблесть.

СКОРПІЙ

Ага, за Волдеморта.

ПОЛЛІ йде далі, а СКОРПІЙ розпачливо дивиться їй услід. Що це за світ такий... і що він у ньому робить?

ДІЯ ТРЕТЯ 〜 СЦЕНА 3

МІНІСТЕРСТВО МАГІЇ, КАБІНЕТ ГОЛОВИ ВІДДІЛУ З ДОТРИМАННЯ МАГІЧНИХ ЗАКОНІВ

ДРАКО має дуже поважний вигляд, таким ми його ще не бачили. Усе в його поставі свідчить про те, що він наділений неабиякою владою. Бічні стіни кімнати завішені авгурієвими прапорами з гербами у вигляді птаха, зображеного у фашистській манері.

ДРАКО

Ти спізнився.

СКОРПІЙ

Це твій кабінет?

ДРАКО

Мало, що спізнився, то ще й не готовий вибачитися. Мабуть, ти вирішив ще більше все ускладнити.

СКОРПІЙ

Ти голова відділу з дотримання магічних законів?

ДРАКО

Та що ти собі дозволяєш?! Як смієш мене ганьбити, змушувати чекати на тебе і навіть не вибачитися за це!

СКОРПІЙ

Вибач.

ДРАКО

Не вибач, а вибачте.

СКОРПІЙ

Вибачте, пане голово.

ДРАКО

Я виховував тебе не для того, щоб ти був таким недбалим, Скорпію. І не для того, щоб ти ганьбив мене в Гоґвортсі.

СКОРПІЙ

Ганьбив вас, пане голово?

ДРАКО

З Гаррі Поттером, з усіма тими розпитуваннями про Гаррі Поттера, з усіма тими ганебними речами. Як ти смієш безчестити ім'я Мелфоїв.

СКОРПІЙ

Ой, ні. То це ваша відповідальність? Ні. Ні. Цього не може бути.

ДРАКО

Скорпію...

СКОРПІЙ

Сьогоднішній «Щоденний віщун»... про трьох чаклунів, які підривають мости, щоб побачити скількох маґлів вони можуть убити одним вибухом... то це ви?

ДРАКО

Думай, що говориш.

СКОРПІЙ

Табори смерті для «бруднокровців», катування, спалювання живцем тих, хто чинить опір. Це ваших рук справа? Мама завжди казала, що ви кращий, ніж мені здавалося, то невже це і є ваша суть? Бути вбивцею, мучителем, бути...

ДРАКО раптово зривається на ноги, хапає СКОРПІЯ і жорстко притискає його до столу.

ДРАКО

Не згадуй про неї всує, Скорпію. Не заробляй собі бали. Вона заслуговує кращого.

СКОРПІЙ *нічого не каже. Він смертельно нажаханий.* ДРАКО *це усвідомлює. Він відпускає голову* СКОРПІЯ. *Не хоче завдати шкоди синові.*

І ти не правий. Ті ідіоти, що висаджують у повітря маґлів, це не моїх рук справа, хоч саме мені доведеться на прохання Авґурії улещувати маґлівського прем'єр-міністра хабарем... Твоя мати справді казала таке про мене?

СКОРПІЙ

Вона казала, що дідусь не дуже її любив... був проти вашого шлюбу... вважав її занадто приязною до маґлів... заслабкою... але ти пішов проти волі діда заради неї. Казала, що це був найвідважніший вчинок, який їй довелося бачити.

ДРАКО

З нею, з твоєю матір'ю, було дуже легко ставати відважним.

СКОРПІЙ

Але то був... інший ти.

Він дивиться на тата, а той хмурить чоло.

Я робив погані речі, але ти ще гірші. Що з нами сталося, тату?

ДРАКО

Нічого з нами не сталося... ми просто такі, як є.

СКОРПІЙ

Мелфої. Родина, на яку завжди можна покластися тим, хто прагне зробити світ понурішим.

Це зачіпає ДРАКО *за живе, він пильно дивиться на* СКОРПІЯ.

ДРАКО

Ці всі речі у школі... чим вони викликані?

СКОРПІЙ

Я не хочу бути тим, ким я є.

ДРАКО

І чим це викликано?

СКОРПІЙ *розпачливо думає, як краще все пояснити.*

СКОРПІЙ

Я побачив себе в іншому світлі.

ДРАКО

Знаєш, що я найбільше любив у твоїй матері? Вона завжди допомагала мені знайти світло в пітьмі. Завдяки їй світ... принаймні, мій світ... ставав не таким... як ти це назвав... «понурим».

СКОРПІЙ

Справді?

ДРАКО *розглядає сина.*

ДРАКО

Ти зберіг більше від неї, ніж я думав.

Пауза. Він пильно придивляється до **СКОРПІЯ**.

Що б ти там не робив... дій обережно. Я не можу втратити й тебе.

СКОРПІЙ

Так, пане голово.

ДРАКО *востаннє дивиться на сина... намагається збагнути, що в того в голові.*

ДРАКО

За Волдеморта і доблесть.

СКОРПІЙ *дивиться на нього й починає відступати до дверей.*

СКОРПІЙ

За Волдеморта і доблесть.

ДІЯ ТРЕТЯ СЦЕНА 4

ГОҐВОРТС, БІБЛІОТЕКА

СКОРПІЙ *заходить у бібліотеку і починає розпачливо гортати книжки. Знаходить підручник з історії.*

СКОРПІЙ
Як міг Седрик стати смертежером? Що я пропустив? Дай мені трохи... світла в пітьмі.

КРЕЙҐ БОУКЕР МОЛОДШИЙ
Що ти тут робиш?

СКОРПІЙ *обертається й бачить доволі жалюгідного на вигляд* **КРЕЙҐА**, *одяг якого пошарпаний і зношений.*

СКОРПІЙ
А що, мені не можна тут бути?

КРЕЙҐ БОУКЕР МОЛОДШИЙ
Воно ще не готове. Я роблю все так швидко, як можу. Але професор Снейп стільки всього вимагає, та ще й хоче, щоб есей був написаний двома різними способами. Тобто я зовсім не нарікаю... вибач.

СКОРПІЙ
Давай ще раз. Спочатку. Що не готове?

КРЕЙҐ БОУКЕР МОЛОДШИЙ
Твоє домашнє завдання із зілля й настійок. Я з радістю це роблю... я навіть вдячний... бо знаю, що ти не терпиш книжок і домашніх завдань, і я ще ніколи тебе не підвів, сам знаєш.

СКОРПІЙ
Я не терплю книжок?

КРЕЙҐ БОУКЕР МОЛОДШИЙ
Ти ж Король Скорпіонів. І ясно, що ти ненавидиш книжки й домашні завдання. Навіщо ти взяв «Історію магії»? Я можу для тебе й це завдання виконати.

Пауза. СКОРПІЙ *якусь мить дивиться на* КРЕЙҐА, *а тоді йде геть.* КРЕЙҐ *також виходить.*
Невдовзі СКОРПІЙ *повертається, хмурячи чоло.*

СКОРПІЙ
Невже він згадав Снейпа?

ДІЯ ТРЕТЯ ⟡ СЦЕНА 5

ГОҐВОРТС, КЛАС ЗІЛЛЯ Й НАСТІЙОК

СКОРПІЙ вбігає в клас зілля й настійок, грюкаючи за собою дверима. На нього дивиться СЕВЕРУС СНЕЙП.

СНЕЙП

Хлопче, тебе не вчили, що треба стукати?

СКОРПІЙ дивиться на СНЕЙПА, трохи задиханий, трохи невпевнений, трохи радісний.

СКОРПІЙ

Северусе Снейпе. Це велика честь.

СНЕЙП

Професоре Снейпе — так краще. Ти можеш поводитися в школі, як король, Мелфою, але це не означає, що ми всі стали твоїми підданими.

СКОРПІЙ

Але ж ви — це розгадка...

СНЕЙП

Дуже приємно таке чути. Якщо ти справді маєш щось мені сказати, хлопче, то кажи... а якщо ні, то прошу зачинити за собою двері, коли будеш виходити.

СКОРПІЙ

Мені потрібна ваша допомога.

СНЕЙП

Я для того і є, щоб допомагати.

СКОРПІЙ

От тільки не знаю, яка допомога мені... потрібна. Ви й далі таємний агент? Далі таємно працюєте на Дамблдора?

СНЕЙП

Дамблдора? Дамблдор мертвий. І я працював на нього відкрито... учителем цієї школи.

СКОРПІЙ

Ні. Ви робили не тільки це. Ви вистежували для нього смертежерів. Давали йому поради. Всі думали, що ви його вбили... а виявилось, що ви увесь час його підтримували. Ви врятували світ.

СНЕЙП

Це дуже небезпечні твердження, хлопче. І не думай, що ім'я Мелфоїв перешкодить мені призначити тобі покарання.

СКОРПІЙ

Що, якби я вам сказав про існування іншого світу... іншого світу, в якому Волдеморт був переможений у битві за Гоґвортс, де його здолали Гаррі Поттер і Дамблдорова армія, що б ви собі відчули?..

СНЕЙП

Я сказав би, що чутки про те, що улюбленець Гоґвортсу Король Скорпіонів втрачає глузд, цілком небезпідставні.

СКОРПІЙ

Було викрадено часоворот. Я його викрав. З Албусом. Ми намагалися врятувати Седрика Діґорі від смерті, коли він загинув. Ми намагалися не дати йому виграти Тричаклунський турнір. Але в результаті перетворили його на зовсім іншу людину.

СНЕЙП

Тричаклунський турнір виграв Гаррі Поттер.

СКОРПІЙ

Він мав виграти не сам. Разом з ним переможцем мав

стати Седрик. Але ми зганьбили його, і він вибув з боротьби. І через це приниження він став смертежером. Я ще не з'ясував його роль у битві за Гоґвортс... чи вбивав він когось... але те, що він зробив, усе змінило.

СНЕЙП

Седрик Діґорі вбив лиш одного чарівника, причому другорядного — Невіла Лонґботома.

СКОРПІЙ

О, так, звичайно, саме так! Професор Лонґботом мав убити Наджіні, Волдемортову змію. Спочатку мала вмерти Наджіні, а тоді вже Волдеморт. Он воно що! Ви розв'язали таємницю! Ми зганьбили Седрика, він убив Невіла, і Волдеморт переміг у битві. Тепер бачите? Ви бачите?

СНЕЙП

Я бачу якусь хитру Мелфоєву гру. Забирайся звідси, доки я не сповістив твоєму батькові і ти не встряг у ще більшу халепу.

СКОРПІЙ *замислюється, і викладає свій останній відчайдушний козир.*

СКОРПІЙ

Ви були закохані в його матір. Я вже всього не пам'ятаю. Та знаю, що ви були в неї закохані. У маму Гаррі Поттера. В Лілі. Я знаю, що ви роками діяли як таємний агент. Я знаю, що перемогти без вас у тій війні було б неможливо. Як би я міг про все це довідатись, якби не бачив іншого світу?..

СНЕЙП *приголомшено мовчить.*

Про це знав тільки Дамблдор, правда? А коли ви його втратили, вам було, мабуть, дуже самотньо. Я знаю, що ви добра людина. Гаррі Поттер розповідав своєму синові, яка ви чудова людина.

СНЕЙП *дивиться на* **СКОРПІЯ**, *не зовсім певний, що відбувається. Це якийсь підступний трюк? Він справді нічого не розуміє.*

СНЕЙП

Гаррі Поттер мертвий.

СКОРПІЙ

Але не в моєму світі. Він казав, що не зустрічав людини, відважнішої за вас. Він знав, розумієте... він знав про вашу таємницю... про те, що ви робили для Дамблдора. І він захоплювався вашою відвагою... дуже захоплювався. Саме тому він назвав свого сина... мого найкращого друга... на вашу і Дамблдорову честь. Албусом Северусом Поттером.

СНЕЙП *завмирає. Він глибоко зворушений.*

Прошу вас... заради Лілі, заради світу, поможіть мені.

СНЕЙП *замислюється, потім підходить до* СКОРПІЯ, *витягаючи на ходу чарівну паличку.* СКОРПІЙ *налякано відступає.* СНЕЙП *вистрілює чарівною паличкою у двері.*

СНЕЙП

Колопортус!

Двері запечатує невидимий замок. СНЕЙП *відчиняє в глибині класу люк.*

Що ж, тоді ходімо...

СКОРПІЙ

Тільки одне запитання: куди... куди саме... ми йдемо?

СНЕЙП

Ми мусили багато разів міняти місце. Усі наші схованки було знищено. Цей шлях приведе нас до кімнати, захованої між корінням Войовничої Верби.

СКОРПІЙ

Гаразд, а хто такі *ми?*

СНЕЙП

Зачекай. Побачиш.

ДІЯ ТРЕТЯ ⟡ СЦЕНА 6

ОПЕРАЦІЙНИЙ ШТАБ

СКОРПІЯ *міцно притискає до столу вражаюча на вигляд* ГЕРМІОНА. *Її одяг вилиняв, але очі палахкотять, вона тепер дуже войовнича, і це їй вельми личить.*

ГЕРМІОНА

Один зайвий рух, і твої мізки стануть жаб'ячими, а руки — гумовими.

СНЕЙП

Безпечний. Він безпечний. *(Пауза.)* Знаєш, ти ніколи не любила слухати. Була страшенно занудною ученицею, а тепер страшенно занудна... хто ти там тепер?

ГЕРМІОНА

Я була відмінницею.

СНЕЙП

Ти була пересічною посередністю. Він на нашому боці!

СКОРПІЙ

Це правда, Герміоно.

ГЕРМІОНА *дуже недовірливо дивиться на* СКОРПІЯ.

ГЕРМІОНА

Більшість людей знають мене як Ґрейнджер. І я не вірю жодному твоєму слову, Мелфою.

СКОРПІЙ

Це я в усьому винен. Моя провина. І Албуса.

198

ГЕРМІОНА

Албуса? Албуса Дамблдора? До чого тут Албус Дамблдор?

СНЕЙП

Він говорить не про Дамблдора. Ти краще сядь.

Вбігає РОН. *У нього настовбурчене волосся. Він неохайно вбраний. Його бунтарський вигляд не настільки войовничий, як у* ГЕРМІОНИ.

РОН

Снейпе, королівський візит і — *(він бачить* СКОРПІЯ *й відразу відчуває тривогу)* що він тут робить?

Намацує в кишені й виймає чарівну паличку.

Я озброєний і... дуже небезпечний, тому серйозно раджу тобі...

Усвідомлює, що націлився не тим боком палички, і обертає її.

...не робити зайвих рухів...

СНЕЙП

Він безпечний, Роне.

РОН *дивиться на* ГЕРМІОНУ, *і вона киває.*

РОН

Подякуй за це Дамблдору.

ДІЯ ТРЕТЯ ✧ СЦЕНА 7

ОПЕРАЦІЙНИЙ ШТАБ

ГЕРМІОНА *сидить і розглядає часоворот, а* РОН *намагається усе це перетравити.*

РОН

Отож ти кажеш, що увесь хід історії залежав від... Невіла Лонґботома? Це досить божевільна думка.

ГЕРМІОНА

Але це правда, Роне.

РОН

Гаразд. І ти в цьому певна, бо...

ГЕРМІОНА

Те, що він знає про Снейпа... про нас усіх... він просто не міг би...

РОН

Може, він просто дуже вдало вгадує речі?

СКОРПІЙ

Ні. То ви допоможете?

РОН

А хто ще, крім нас? Дамблдорова армія значно скоротилася з тих славних часів. Насправді, ми все, що від неї залишилось, але ми не припиняємо боротьбу. Намагаємося не виказати себе. Робимо все можливе, щоб хоч якось їм зашкодити, полоскотати волосинки в носі. За голову Ґрейнджер обіцяна винагорода. За мою теж.

СНЕЙП (*іронічно*)

Значно менша.

ГЕРМІОНА

Давай з'ясуємо: в тому іншому світі... перед тим, як ви втрутилися...

СКОРПІЙ

Волдеморт мертвий. Убитий під час битви за Гоґвортс. Гаррі — голова відділу з дотримання магічних законів. Ви — міністр магії.

ГЕРМІОНА *здивовано дивиться на нього й усміхається.*

ГЕРМІОНА

Я — міністр магії?

РОН (*розвеселившись*)

Геніально. А чим я займаюсь?

СКОРПІЙ

Ви — власник «Відьмацьких витівок Візлів».

РОН

О'кей, отже, вона міністр магії, а я власник... крамнички жартів?

СКОРПІЙ *дивиться на ображене* **РОНОВЕ** *обличчя.*

СКОРПІЙ

Ви переважно займаєтесь вихованням дітей.

РОН

Чудово. Маю надію, що їхня матуся спокуслива.

СКОРПІЙ (*зашарівшись*)

Ну... е-е... залежно, як ви це... річ у тім, що ви обоє маєте дітей... спільних. Доньку і сина.

Вони здивовано витріщаються на нього.

Ви одружені. Закохані. Й таке інше. Попереднього разу ви теж були шоковані. Коли ви були вчителькою захисту від темних мистецтв, а Рон — чоловіком Падми. Вас це постійно дивує.

ГЕРМІОНА й *РОН* *дивляться одне на одного і відвертаються. Але* РОН *знову повертається до неї. Кілька разів прокашлюється. Щоразу дедалі менше впевнено.*

ГЕРМІОНА
Закривай рота, коли дивишся на мене, Візлі.

РОН *так і робить. Хоча й далі залишається збентеженим.*

А... Снейп? Що робить Снейп у тому іншому світі?

СНЕЙП
Припускаю, що я мертвий.

Він дивиться на СКОРПІЯ. *У* СКОРПІЯ *відвисла щелепа, а* СНЕЙП *ледь-ледь усміхається.*

Ти був трохи здивований, побачивши мене. І як?

СКОРПІЙ
Відважно.

СНЕЙП
Хто?

СКОРПІЙ
Волдеморт.

СНЕЙП
Як це мене дратує.

Усі мовчать, поки СНЕЙП *відходить від почутого.*

Ну, але, мабуть, є якийсь момент слави в тому, щоб загинути від рук самого Темного Лорда.

ГЕРМІОНА
О, який жаль, Северусе!

СНЕЙП *дивиться на неї, і поступово гамує свій біль. Показує кивком голови на* РОНА.

СНЕЙП

Ну, принаймні, я не одружений з ним.

ГЕРМІОНА

Які закляття ви використовували?

СКОРПІЙ

Експеліармус під час першого завдання і енґорджіо під час другого.

РОН

Звичайне закляття-щит повинне їх нейтралізувати.

СНЕЙП

А потім ви повернулися?

СКОРПІЙ

Так, нас затягнув назад часоворот. З цим часоворотом проблема... він дозволяє перебувати в минулому лише п'ять хвилин.

ГЕРМІОНА

І рух відбувається лише в часі, не в просторі?

СКОРПІЙ

Так, так, це... е-е... повертаєшся в те саме місце, в якому був до того...

ГЕРМІОНА

Цікаво.

СНЕЙП *і* ГЕРМІОНА *розуміють, що це означає.*

СНЕЙП

Тоді тільки ми удвох із хлопцем.

ГЕРМІОНА

Не ображайся, Снейпе, але цього я не можу довірити нікому... це все занадто важливе.

СНЕЙП

Герміоно, на тебе полюють як на найбільшу бунтарку

чаклунського світу. Для цієї операції доведеться виходити наверх. Коли ти востаннє там була?

ГЕРМІОНА

Якщо ненадовго, то...

СНЕЙП

Якщо тебе там знайдуть, тебе поцілують дементори... і висмокчуть твою душу...

ГЕРМІОНА

Северусе, з мене вже досить займатися всілякими дрібницями, робити невдалі спроби переворотів, це наш шанс відновити лад.

Вона киває РОНОВІ, *який розгортає карту.*

Перше завдання турніру відбувалося на узліссі Забороненого лісу. Ми обернемо час, потрапимо на турнір, заблокуємо чари і безпечно повернемось. Це можна зробити з високою точністю. І нам взагалі не доведеться висовувати носа в нашому часі. Після того ми робимо другу часомандрівку, йдемо до озера і відновлюємо хід другого завдання.

СНЕЙП

Це великий ризик...

ГЕРМІОНА

Ми все виконуємо правильно, Гаррі знову живий, Волдеморт мертвий, Авгурія зникає. Заради такого варто ризикнути. Хоч мені смертельно шкода, чого це коштуватиме тобі.

СНЕЙП

Є речі, за які іноді треба платити.

Вони дивляться одне на одного, СНЕЙП *киває,* ГЕРМІОНА *теж відповідає кивком.*

Маю надію, що це не цитата з Дамблдора, ні?

ГЕРМІОНА *(усміхаючись)*
Ні, я впевнена, що це чистий, без домішок, Северус Снейп.

Вона повертається до **СКОРПІЯ** *й показує на часоворот.*

Мелфою.

СКОРПІЙ *дає їй часоворот. Вона усміхається, відчуваючи збудження від того, що знову зможе скористатися часоворотом, та ще й з такою метою.*

Маємо надію, що все спрацює.

Вона бере часоворот, він починає вібрувати, і вибухає цілим виром руху.
Потужний спалах світла. Розкотистий гуркіт.
І час зупиняється. Після недовгого розмірковування, він починає розмотуватися в зворотному напрямку, спочатку неквапливо...
Ляскіт, зблиск — і наша ватага щезає.

ДІЯ ТРЕТЯ ⟩ СЦЕНА 8

УЗЛІССЯ ЗАБОРОНЕНОГО ЛІСУ, 1994 РІК

Ми спостерігаємо за повтором сцени з першої частини п'єси, тільки цього разу все відбувається на задньому плані, а не на передньому. Розрізняємо постаті АЛБУСА *і* СКОРПІЯ *в дурмстрензьких мантіях. І понад усім цим лунає голос «геніального» (за його власними словами)* ЛУДО БЕҐМЕНА.

СКОРПІЙ, ГЕРМІОНА, РОН *і* СНЕЙП *стурбовано стежать за ходом подій.*

ЛУДО БЕҐМЕН

І ось на арену виходить Седрик Діґорі. Він до всього готовий. Наляканий, але готовий. Він ухиляється в один бік. Потім — у другий. Пірнає вниз, шукаючи прикриття, а дівчата зомлівають. Вони хором верещать: «Пані драконко, не зашкодь нашому Діґорі!». Седрик відхиляється ліворуч, заходить у піке справа... його чарівна паличка вже напоготові...

СНЕЙП

Це все триває надто довго. Часоворот починає крутитися.

ЛУДО БЕҐМЕН

Яку несподіванку приготував нам цього разу цей молодий, відважний і вродливий юнак?

АЛБУС *намагається забрати в* СЕДРИКА *чарівну паличку, але* ГЕРМІОНА *блокує його закляття. Він засмучено дивиться на свою чарівну паличку, не розуміючи, чому вона не спрацювала.*

І тут часоворот починає стрімко крутитися, вони дивляться на нього й панічно відчувають, як він затягує їх у себе.

Пес... він трансфігурував себе у пса... пес стрибучий — Седрик везучий... Діґорі-псина, динамо-машина!

ДІЯ ТРЕТЯ ❧ СЦЕНА 9

УЗЛІССЯ ЗАБОРОНЕНОГО ЛІСУ

Вони повернулися з мандрівки в часі, стоять на узліссі, а РОН *кривиться від сильного болю.* СНЕЙП *роззирається, відразу розуміючи, в яку халепу вони втрапили.*

РОН
Ой. Ой. Ойййййй!

ГЕРМІОНА
Роне... Роне... що з тобою?

РОН
Ой, ні, я так і знав.

СКОРПІЙ
Часоворот тоді і Албусові щось заподіяв. Першого разу, коли ми повернулися.

РОН
Дуже... вчасно... ой... ти нам це кажеш.

СНЕЙП
Ми вже на землі. Нам треба рухатись. Негайно.

ГЕРМІОНА
Роне, ти ж можеш іти, ходімо...

РОН зводиться на ноги, стогнучи від болю. СНЕЙП *здіймає вгору чарівну паличку.*

СКОРПІЙ
Це спрацювало?

ГЕРМІОНА

Ми заблокували закляття. Седрик втримав чарівну паличку. Усе пройшло вдало.

СНЕЙП

Але ми повернулися в погане місце... ми всі на виду. І ви теж.

РОН

Нам треба знову скористатися часоворотом... щоб ушитися звідси...

СНЕЙП

Нам треба знайти схованку. Ми зараз у всіх на виду.

Раптом у глядацькому залі відчувається порив вітру. Довкола людей з'являються чорні плащі. Плащі перетворюються на чорні постаті. Постаті дементорів.

ГЕРМІОНА

Пізно.

СНЕЙП

Це катастрофа.

ГЕРМІОНА (*вона розуміє, що треба зробити*)

Вони шукають мене, а не вас.

Роне, я люблю тебе і завжди любила! Однак ви втрьох мусите звідси втікати. Біжіть! Негайно!

РОН

Що?

СКОРПІЙ

Що?

РОН

Може, спочатку поспілкуємося на любовну тему?

ГЕРМІОНА

Це й досі Волдемортів світ. Мені тут робити нічого. Усе зміниться, якщо дати зворотний хід наступному завданню.

СКОРПІЙ

Але ж вони вас поцілують. Висмокчуть вашу душу.

ГЕРМІОНА

А ви тоді зміните минуле. А вони вже не зможуть. Біжіть. Швидше!

Дементори відчувають їх. Зусібіч із пронизливим виском насуваються їхні постаті.

СНЕЙП

Ходімо! Ми йдемо.

Смикає СКОРПІЯ *за руку.* СКОРПІЙ *неохоче рушає за ним.* ГЕРМІОНА *дивиться на* РОНА.

ГЕРМІОНА

Ти теж мусиш іти.

РОН

Ну, але ж вони й мене трохи розшукують, і мені все страшенно болить. І, знаєш, я краще залишуся тут. Експекто...

Він наміряється вислати закляття, але ГЕРМІОНА *хапає його за руку.*

ГЕРМІОНА

Давай затримаємо їх тут і дамо хлопцеві шанс зробити все якнайкраще.

РОН *дивиться на неї і засмучено киває.*

ГЕРМІОНА

Донька.

РОН

І син. Мені це теж подобається.

Озирається довкола... знає, яка доля його чекає.

Страшнувато.

ГЕРМІОНА

Поцілуй мене.

РОН *вагається, і врешті цілує її.*
І ось їх відривають одне від одного. Притискають до
землі. Ми бачимо, як від їхніх тіл здіймається вгору
золотисто-білий серпанок. З них висмоктують душі.
Це страхітливе видовище.
СНЕЙП *безпомічно дивиться.*

СНЕЙП

Рухаймося до води. Неквапливо. Не треба бігти.

СНЕЙП *дивиться на* СКОРПІЯ.

Зберігай спокій, Скорпію. Вони, хоч і сліпі, але можуть
відчути твій страх.

СКОРПІЙ *дивиться на* СНЕЙПА.

СКОРПІЙ

Вони щойно висмоктали їм душі.

Зверху на них спускається дементор, зупиняючись перед
СКОРПІЄМ.

СНЕЙП

Думай про щось інше, Скорпію. Контролюй свої думки.

СКОРПІЙ

Мені холодно. Я нічого не бачу. Відчуваю якусь мряку
в собі... і довкола себе.

СНЕЙП

Ти — король, а я — професор. Вони не нападуть безпри-
чинно. Думай про тих, кого любиш, і про те, чому ти це все
робиш.

СКОРПІЙ

Я чую голос мами. Вона прагне моєї... помочі, але знає,
що я не можу... допомогти.

СНЕЙП

Слухай мене, Скорпію. Подумай про Албуса. Ти пожерт-
вуєш своїм королівством заради Албуса, так?

СКОРПІЙ *геть безпомічний. Спустошений жахом, який навіює йому дементор.*

СНЕЙП

Одна людина. Достатньо однієї. Я не зумів заради Лілі врятувати Гаррі. Тому я присягнув на вірність справі, в яку вона вірила. І поступово... я й сам почав у неї вірити.

СКОРПІЙ *усміхається* СНЕЙПОВІ. *Він рішуче відступає від дементора.*

СКОРПІЙ

Світ змінюється, і ми змінюємося разом з ним. Я став кращим у цьому світі. Але сам світ не покращав. А я не хочу, щоб так залишалося.

Зненацька перед ними з'являється ДОЛОРЕС АМБРИДЖ.

ДОЛОРЕС АМБРИДЖ

Професоре Снейпе!

СНЕЙП

Професорко Амбридж.

ДОЛОРЕС АМБРИДЖ

Ви чули новину? Ми впіймали ту віроломну бруднокровку Герміону Ґрейнджер. Вона була тут.

СНЕЙП

Це... фантастично.

ДОЛОРЕС *пильно дивиться на* СНЕЙПА. *Він не відводить погляду.*

ДОЛОРЕС АМБРИДЖ

З вами. Ґрейнджер була з вами.

СНЕЙП

Зі мною? Ви помиляєтесь.

ДОЛОРЕС АМБРИДЖ

З вами і зі Скорпієм Мелфоєм. Учнем, який викликає в мене дедалі більшу стурбованість.

СКОРПІЙ

Ну...

СНЕЙП

Долорес, ми спізнюємось на урок, тому, якщо ваша ласка...

ДОЛОРЕС АМБРИДЖ

Якщо ви спізнюєтеся на урок, чому ж ви не йдете в напрямку школи? Чому ви йдете до озера?

Якусь мить панує мертва тиша. І тоді СНЕЙП *робить щось геть неочікуване... він усміхається.*

СНЕЙП

Ти давно... підозрювала?

ДОЛОРЕС АМБРИДЖ здіймається над землею. Вона широко розпростирає руки, сповнена темною магією. Виймає чарівну паличку.

ДОЛОРЕС АМБРИДЖ

Роками. І мусила б діяти набагато раніше.

СНЕЙП значно спритніше діє чарівною паличкою.

СНЕЙП

Депулсо!

ДОЛОРЕС кулею відлітає далеко в повітря.

Вона завжди забагато на себе брала. Але тепер дороги назад у неї нема.

Небо довкола них стає ще чорнішим.

Експекто патронум!

СНЕЙП вичакловує патронуса — прекрасну білу лань.

СКОРПІЙ

Лань? Патронус Лілі?

СНЕЙП

Дивно, правда? Що йде зсередини.

Їх оточують дементори. СНЕЙП *розуміє, що це означає.*

Ти мусиш бігти. Я затримаю їх якомога довше.

СКОРПІЙ

Дякую вам за те, що стали моїм світлом у пітьмі.

СНЕЙП, *цей справжній герой, дивиться на нього і м'яко всміхається.*

СНЕЙП

Скажи Албусові… скажи Албусові Северусу… що я пишаюся тим, що в нього моє ім'я. А тепер — біжи. Біжи!

Лань озирається на СКОРПІЯ *і починає бігти.*

СКОРПІЙ *на мить замислюється, а потім починає бігти вслід за ланню, і світ довкола нього стає усе страшнішим. Збоку лунає вереск, від якого холоне кров у жилах. Він бачить озеро і пірнає в нього.*

СНЕЙП *стоїть напоготові.*

СНЕЙПА *щось жбурляє на землю, а тоді підкидає високо в повітря — з нього виривають душу. Верески множаться й наростають.*

Лань дивиться на нього своїми прекрасними очима й зникає.

Гуркіт і спалах. Потім — тиша. Тривала тиша.

Довкола так спокійно, так мирно, панує справжня ідилія.

І тут з води виринає СКОРПІЙ. *Важко дихає. Роззирається довкола. Дихає уривчасто й панічно. Дивиться на небо. Небо здається явно… блакитнішим, ніж раніше.*

Вслід за ним виринає АЛБУС. *Знову панує тиша.*

СКОРПІЙ *просто дивиться на* АЛБУСА, *не вірячи власним очам. Обидва хлопці важко дихають.*

АЛБУС

Оце так!

СКОРПІЙ

Албусе!

АЛБУС

Це було так близько! Ти бачив того русалія? Того, що мав... а ще ту штуковину з... оце та-а-ак!

СКОРПІЙ

Це ти?!

АЛБУС

Хоч було дивно... мені здалося, я бачив, як Седрик почав розбухати... а потім він знову почав ніби стискатися... я глянув на тебе, а ти тримав у руках чарівну паличку...

СКОРПІЙ

Ти навіть не уявляєш, як чудово, що я бачу тебе знову.

АЛБУС

Ти ж бачив мене щойно дві хвилини тому.

СКОРПІЙ *обіймає* АЛБУСА *у воді, а це нелегко робити.*

СКОРПІЙ

Відтоді багато чого сталося.

АЛБУС

Обережно. Ти зараз мене втопиш. Що ти одягнув?

СКОРПІЙ

Що я одягнув? *(Стягає з себе мантію.)* А в чому ти вбраний? Так! Ти в Слизерині.

АЛБУС

Воно спрацювало? Ми щось здійснили?

СКОРПІЙ

Ні. І це чудово.

АЛБУС *недовірливо позирає на друга.*

АЛБУС

Що? В нас нічого не вийшло?

СКОРПІЙ

Так. ТАК. І ЦЕ ПРОСТО ДИВОВИЖНО.

Він з усієї сили ляскає рукою по воді. АЛБУС *вибирається на берег.*

АЛБУС

Скорпію, ти знову переїв солодощів?

СКОРПІЙ

Оце вже типовий Албус... іронія й сарказм. Мені це подобається.

АЛБУС

А от я тепер починаю хвилюватися по-справжньому...

З'являється ГАРРІ. *Він підбігає до краю озера. За ним стрімко підходять* ДРАКО, ДЖІНІ *і* ПРОФЕСОРКА МАКҐОНЕҐЕЛ.

ГАРРІ

Албусе. Албусе. З тобою все добре?

СКОРПІЙ *(не тямлячись із радості)*
Гаррі! Це Гаррі Поттер! І Джіні. І професорка Макґонеґел. І тато. Мій тато. Тату, привіт!

ДРАКО

Привіт, Скорпію!

АЛБУС

Ви всі тут?

ДЖІНІ

Мірта нам усе виклала.

АЛБУС

Що сталося?

ПРОФЕСОРКА МАКҐОНЕҐЕЛ

Це ж ви щойно повернулися з мандрівки в часі. Чому б вам не розповісти, що сталося?

СКОРПІЙ *миттєво усвідомлює, що їм усе відомо.*

СКОРПІЙ
Ой, ні. От чорт. Де він?

АЛБУС
Щойно повернулися звідки?

СКОРПІЙ
Я загубив його! Я загубив часоворот.

АЛБУС (*роздратовано зиркаючи на* СКОРПІЯ)
Що ти загубив?

ГАРРІ
Досить уже прикидатися, Албусе.

ПРОФЕСОРКА МАКҐОНЕҐЕЛ
Гадаю, настав час усе пояснити.

ДІЯ ТРЕТЯ ☽ СЦЕНА 10

ГОҐВОРТС, ДИРЕКТОРСЬКИЙ КАБІНЕТ

ДРАКО, ДЖІНІ *і* ГАРРІ *стоять за спинами сповнених каяття* СКОРПІЯ *й* АЛБУСА. ПРОФЕСОРКА МАКҐОНЕҐЕЛ *розгнівана.*

ПРОФЕСОРКА МАКҐОНЕҐЕЛ

Отже, уточнюємо — ви самовільно зістрибнули з Гоґвортського експреса, нелегально проникли в Міністерство магії і вчинили там крадіжку, взяли на себе сміливість змінити час, через що пропало двоє осіб...

АЛБУС

Я погоджуюсь, що це звучить не надто добре.

ПРОФЕСОРКА МАКҐОНЕҐЕЛ

І вашою відповіддю на зникнення Г'юґо і Роуз Ґрейнджер-Візлі стала чергова мандрівка в часі... але цього разу... через вас пропало вже не двоє, а безліч людей і загинув твій батько... а ще ці ваші дії відродили найлихішого в світі чаклуна і провістили нову еру Темної магії. *(Саркастично.)* Так, містере Поттере, ви маєте слушність, це звучить не надто добре. Ви хоч розумієте, якими йолопами ви були?

СКОРПІЙ

Так, пані професорко.

АЛБУС *якусь мить вагається. Дивиться на* ГАРРІ.

АЛБУС

Так.

218

ГАРРІ

Пані професорко, можна мені...

ПРОФЕСОРКА МАКҐОНЕҐЕЛ

Ні, не можна. Ви як батьки можете робити все, що вважаєте потрібним, але це моя школа і мої учні, тож я сама призначатиму їм належне покарання.

ДРАКО

Це справедливо.

ГАРРІ *дивиться на* **ДЖІНІ**, *яка хитає головою.*

ПРОФЕСОРКА МАКҐОНЕҐЕЛ

Я мусила б вигнати вас зі школи, але *(кидаючи погляд на* **ГАРРІ**), враховуючи ситуацію... гадаю, що для вашої ж безпеки буде краще, щоб ви залишалися під моїм наглядом. Ваш термін покарання... ну, можете вважати, що цей термін триватиме до кінця року. Різдвяні канікули теж не для вас. Можете також забути про будь-які походеньки в Гоґсмід. І це лише початок...

Раптово в кабінет влітає **ГЕРМІОНА**. *Вона налаштована на рішучі дії.*

ГЕРМІОНА

Я щось пропустила?

ПРОФЕСОРКА МАКҐОНЕҐЕЛ *(розлючено)*

Взагалі важається ввічливим стукати, перш ніж заходити, Герміоно Ґрейнджер. Можливо, ви це колись пропустили повз вуха.

ГЕРМІОНА *(усвідомлює, що переступила певну межу)*

Е-е...

ПРОФЕСОРКА МАКҐОНЕҐЕЛ

Якби я могла призначити покарання й вам, пані міністр, я б це зробила. Тримати в себе часоворот — що за безглуздя!

ГЕРМІОНА
На свій захист...

ПРОФЕСОРКА МАКҐОНЕҐЕЛ
Та ще й у книжковій шафі. Ви його тримали в книжковій шафі! Та це просто курям на сміх!

ГЕРМІОНА
Мінерво. *(Набирає повні груди повітря.)* Професорко Макґонеґел...

ПРОФЕСОРКА МАКҐОНЕҐЕЛ
Ваші діти перестали існувати!

   ГЕРМІОНА *не знає, що на це відповісти.*

І це сталося в моїй школі, у мене на очах. Після всього, що зробив для нас Дамблдор, я просто не знаходжу собі місця...

ГЕРМІОНА
Я знаю.

   ПРОФЕСОРКА МАКҐОНЕҐЕЛ *на якийсь час заспокоюється.*

ПРОФЕСОРКА МАКҐОНЕҐЕЛ (АЛБУСУ *і* СКОРПІЮ)
Ваші наміри врятувати Седрика були, принаймні, шляхетні, хоч і хибні. Зі всього видно, що ти проявив відвагу, Скорпію, і ти, Албусе, теж. Але найважливіший для вас урок, яким іноді нехтував навіть твій, Албусе, батько, полягає в тому, що відвага не рятує від дурості. Завжди потрібно думати. Думати про реальні ваші можливості. Світ, контрольований Волдемортом, це...

СКОРПІЙ
Жахливий світ.

ПРОФЕСОРКА МАКҐОНЕҐЕЛ
Ви ще такі юні. *(Вона дивиться на* ГАРРІ, ДРАКО, ДЖІНІ *й* ГЕРМІОНУ.) Ще дуже молоді. Ви просто не уявляєте, якими страшними бувають чаклунські війни. Ви повелися... легковажно... зі світом, заради створення і виживання якого

деякі люди... деякі найдорожчі мої і ваші друзі... пожертвували всім.

АЛБУС
Так, пані професорко.

СКОРПІЙ
Так, пані професорко.

ПРОФЕСОРКА МАКҐОНЕҐЕЛ
Ідіть. Забирайтеся геть. Усі. І знайдіть мені часоворот.

ДІЯ ТРЕТЯ ⌒ СЦЕНА 11

ГОҐВОРТС, СЛИЗЕРИНСЬКА СПАЛЬНЯ

АЛБУС *сидить у своїй кімнаті.* **ГАРРІ** *заходить і дивиться на сина, він розгніваний, але намагається себе стримувати, щоб не зірватися.*

ГАРРІ

Дякую, що дозволив мені прийти.

> **АЛБУС** *обертається й киває татові. Він теж стримує себе.*

Поки що нам так і не пощастило знайти часоворот. Йдуть перемовини з русаліями, щоб ті прочесали озеро.

> *Сідає, почуваючись доволі незручно.*

Гарна кімната.

АЛБУС

Зелений колір заспокоює, правда? Тобто грифіндорські кімнати теж нормальні, але там проблема з червоним кольором... кажуть, що він занадто збуджує... але я не хочу нічого критикувати...

ГАРРІ

Ти можеш пояснити, навіщо ти це все робив?

АЛБУС

Я думав, що зумію... дещо змінити... думав, що Седрик... що це так несправедливо.

ГАРРІ

Звичайно, несправедливо, Албусе, думаєш, я цього не знаю? Я там був. Я бачив, як він помирав. Але вдатися до такого... так усім ризикувати...

АЛБУС

Я знаю.

ГАРРІ *(не в змозі стримати свій гнів)*

Якщо ти намагався зробити так, як я, то ти пішов хибним шляхом. Я не затівав самовільних авантюр, я був змушений до них вдаватися. А ти діяв абсолютно нерозсудливо... це було страшенно безглуздо й небезпечно... і могло все зруйнувати...

АЛБУС

Я знаю. О'кей, я знаю.

Пауза. АЛБУС *витирає сльозу,* ГАРРІ *це помічає і переводить подих. Ще трохи, і все було б зіпсовано.*

ГАРРІ

Ну, але я теж помилявся... подумав, що Скорпій був сином Волдеморта. І чорною хмарою. А він не був.

АЛБУС

Не був.

ГАРРІ

Я надійно сховав карту. Ти більше її не побачиш. Мама залишила все в твоїй кімнаті точно так, як там було до твоєї втечі... знаєш? Не дозволяла мені туди заходити... нікому не дозволяла... ти дуже її налякав... і мене.

АЛБУС

Налякав тебе?

ГАРРІ

Так.

АЛБУС

А я думав, що Гаррі Поттер нічого не боїться.

ГАРРІ

Ти справді так думаєш?

АЛБУС *дивиться на тата, намагаючись його збагнути.*

АЛБУС

Я не думаю, що Скорпій це казав, але коли ми повернулися, так і не впоравшись з першим завданням, я раптом опинився у ґрифіндорському гуртожитку, але стосунки між нами були нічим не кращі... Отже, те, що я в Слизерині... зовсім не є причиною наших непорозумінь. Справа не тільки в цьому.

ГАРРІ

Не тільки. Я знаю. Не тільки в цьому.

ГАРРІ *дивиться на* АЛБУСА.

У тебе все гаразд, Албусе?

АЛБУС

Ні.

ГАРРІ

Ні. І в мене теж.

ДІЯ ТРЕТЯ 🌙 СЦЕНА 12

СОН, ҐОДРИКОВА ДОЛИНА, ЦВИНТАР

ЮНИЙ ГАРРІ *стоїть і дивиться на могильну плиту, встелену букетами квітів. Він теж тримає в руці невеличкий букетик.*

ТІТКА ПЕТУНІЯ

Поквапся, клади вже свої задрипані квіти й ходімо. Я просто ненавиджу це нещасне село, не знаю навіть, чого я про нього згадала... Це не Ґодрикова, а Гадюча Долина, забута Богом, розсадник нечистот... нумо, рухайся.

ЮНИЙ ГАРРІ *підходить до могили. Стоїть там ще якусь мить.*

Ну ж бо, Гаррі... я не маю часу. У Дадіка сьогодні зустріч бойскаутів, а ти знаєш, як він не любить запізнюватись.

ЮНИЙ ГАРРІ

Тітко Петуніє. Ми ж їхні останні живі родичі, так?

ТІТКА ПЕТУНІЯ

Так. Ти і я. Так.

ЮНИЙ ГАРРІ

І... їх тут не надто любили? Ви казали, що в них не було ніяких друзів?

ТІТКА ПЕТУНІЯ

Лілі... земля їй пухом... намагалася... вона намагалася... це не була її вина, але вона відштовхувала від себе людей... своїм єством. Своєю наполегливістю, своїми... манерами, звичками. А твій батько... нестерпний чоловік... страшенно нестерпний. Вони зовсім не мали друзів. Ні він, ні вона.

ЮНИЙ ГАРРІ

Але тоді... чому тут стільки квітів? Чому вся їхня могила вкрита квітами?

ТІТКА ПЕТУНІЯ *придивляється і ніби вперше бачить усі ці квіти, і це справляє на неї велике враження. Вона підходить і сідає біля могили сестри, намагаючись вгамувати емоції, що переповнюють її, хоч це й не дуже вдається.*

ТІТКА ПЕТУНІЯ

Ну, так. Ніби є... трохи. Може, ці квіти здуло вітром з сусідніх могил. Чи хтось вирішив так пожартувати. О, так-так, це, мабуть, якийсь пройдисвіт, якому нема чим зайнятися, позбирав квіти з інших могил і поклав їх сюди...

ЮНИЙ ГАРРІ

Але тут скрізь написані їхні імена... «Лілі і Джеймсе, ми ніколи не забудемо того, що ви зробили...», «Лілі і Джеймсе, ваша жертва...»

ВОЛДЕМОРТ

Я нюхом відчуваю провину, тут у повітрі смердить провиною.

ТІТКА ПЕТУНІЯ (ЮНОМУ ГАРРІ)

Забираймося. Забираймося звідси.

Відтягує його. Над могильною плитою Поттерів вимальовується в повітрі ВОЛДЕМОРТОВА *рука, а згодом і вся його постать. Ми не бачимо його обличчя, лише викривлені, потворні обриси тіла.*

Я так і знала. Це місце небезпечне. Чим швидше ми заберемося з Ґодрикової Долини, тим краще.

ЮНОГО ГАРРІ *відтягують зі сцени, але він озирається й бачить* ВОЛДЕМОРТА.

ВОЛДЕМОРТ
Ти й досі бачиш моїми очима, Гаррі Поттере?

ЮНИЙ ГАРРІ *збентежено виходить, а з-під* ВОЛДЕМОР-
ТОВОЇ *мантії вистрибує* АЛБУС. *Він розпачливо про-
стягає руку до тата.*

АЛБУС
Тату... Тату...

Чути якісь слова на парселмові.
*Він наближається. Він наближається. Він наближа-
ється.*
І — вереск.
*Після чого з глибини зали лунає сичання, що розходиться
довкола. Слова, вимовлені голосом, який не сплутати
з жодним іншим. Голосом* ВОЛДЕМОРТА...

Гааррі Поотттттер...

ДІЯ ТРЕТЯ ✦ СЦЕНА 13

ДІМ ГАРРІ ТА ДЖІНІ ПОТТЕРІВ, КУХНЯ

ГАРРІ в жахливому стані. Він приголомшений тим, що, на його думку, провіщають йому сни.

ДЖІНІ

Гаррі? Гаррі? Що таке? Ти так кричав...

ГАРРІ

Вони не припиняються. Кошмарні сни.

ДЖІНІ

Вони й не повинні були негайно припинитися. Це був напружений час, стреси і...

ГАРРІ

Але я ніколи не був у Ґодриковій Долині разом з Петунією. Це не...

ДЖІНІ

Гаррі, ти справді мене лякаєш.

ГАРРІ

Він ще й досі там, Джіні.

ДЖІНІ

Хто досі там?

ГАРРІ

Волдеморт. Я бачив Волдеморта і Албуса.

ДЖІНІ

І Албуса?..

ГАРРІ

Він сказав... Волдеморт сказав... «Я нюхом відчуваю провину, тут у повітрі смердить провиною». Він говорив зі мною.

ГАРРІ дивиться на неї. Торкається свого шраму. Її обличчя хмурніє.

ДЖІНІ

Гаррі, Албус усе ще в небезпеці?

Обличчя ГАРРІ блідне.

ГАРРІ

Не лише він, а ми всі.

ДІЯ ТРЕТЯ ꙮ СЦЕНА 14

ГОГВОРТС, СЛИЗЕРИНСЬКА СПАЛЬНЯ

СКОРПІЙ *зловісно нависає над узголів'ям* АЛБУСОВОГО *ліжка.*

СКОРПІЙ
Албусе... Чуєш... Албусе.

АЛБУС *не прокидається.*

Албусе!

АЛБУС *збентежено розплющує очі.* СКОРПІЙ *регоче.*

АЛБУС
Приємно. Приємно і зовсім не страшно, коли тебе будять отак.

СКОРПІЙ
Знаєш, найдивніше те, що відтоді, як ми побували у най-найстрашнішому, яке лиш можна собі уявити, місці, я майже перестав боятися. Тепер я — Скорпій Безстрашний. Мелфой Безтурботний.

АЛБУС
Чудово.

СКОРПІЙ
Тобто, якби я раніше сидів отак, наче в карцері, покараний на бозна-який термін, це б мене просто зламало, але тепер... ну, що гіршого мені можуть зробити? Повернути Волдика-Мортика, щоб він мене катував? Ні фіга.

АЛБУС

Мене лякає твій добрий настрій, ти це знаєш?

СКОРПІЙ

Коли до мене сьогодні на зіллях-настійках підійшла Роуз і назвала мене хлібиськом, я ледь її не обійняв. Та що там ледь, я таки спробував її пригорнути, але вона копнула мене в гомілку.

АЛБУС

Не думаю, що безстрашність корисна для твого здоров'я.

СКОРПІЙ *дивиться на* АЛБУСА; *судячи з виразу обличчя, він щось обмірковує.*

СКОРПІЙ

Албусе, ти навіть не знаєш, як це чудово знову повернутися сюди. Я там усе ненавидів.

АЛБУС

За винятком Поллі Чепмен, яка захоплювалася твоїми приколами.

СКОРПІЙ

Седрик там був зовсім інший — темний, небезпечний. Мій тато... робив усе, що від нього вимагали. А я? Мені там розкрився зовсім інший Скорпій, знаєш? Владний, сердитий, підлий... мене там боялися. Таке враження, ніби нам підсунули тест на порядність, і ми... його провалили.

АЛБУС

Але ж ти все змінив. Скористався шансом і змінив час, повернув його назад. Змінив і повернув самого себе.

СКОРПІЙ

Тільки тому, що я знав, яким маю бути.

АЛБУС *замислюється про це.*

АЛБУС

Думаєш, мене тестували теж? Так чи ні?

СКОРПІЙ

Ні. Ще ні.

АЛБУС

Ти помиляєшся. Вернутися в минуле один раз — це ще не зовсім ідіотство... Ніхто не застрахований від помилок... а от бути настільки зарозумілим, щоб вертатися туди вдруге — це вже відверта дурість.

СКОРПІЙ

Ми поверталися разом, Албусе.

АЛБУС

Але чому я так цього прагнув? Через Седрика? Справді? Ні. Я хотів щось сам собі довести. Мій тато правий... він не затівав авантюр задля авантюр... а я, це все моя провина... і якби не ти, усе могло б зануритися в тьму.

СКОРПІЙ

Але так не сталося. І тобі за це треба дякувати не менше, ніж мені. Коли дементори були... в моїй голові... Северус Снейп звелів мені думати про тебе. Хоч тебе там і не було, але ти боровся, Албусе... боровся зі мною плечем до плеча.

АЛБУС киває. Він зворушений почутим.

А порятунок Седрика... це не була аж така погана ідея... принаймні, для мене... хоч тепер ти добре знаєш... що більше таких спроб нам точно робити не можна.

АЛБУС

Так. Я знаю. Безумовно.

СКОРПІЙ

Добре. Тоді можеш допомогти мені знищити це.

СКОРПІЙ показує АЛБУСУ часоворот.

АЛБУС

Якщо не помиляюся, ти всім сказав, що він має бути десь на дні озера.

СКОРПІЙ

Виявляється, Мелфой Безтурботний уміє непогано всіх дурити.

АЛБУС

Скорпію, треба про це комусь сказати...

СКОРПІЙ

А кому? Перед цим його переховували в міністерстві — невже ти справді віриш, що вони знов його десь там не сховають? Лише ми з тобою на власному досвіді пересвідчились, наскільки це небезпечна штуковина, тож ми удвох і знищимо її. Нікому не можна робити те, що зробили ми, Албусе. Нікому. Ні. *(з пафосом)* Настала пора, щоб цей часоворот канув у минуле.

АЛБУС

Я бачу, ти дуже пишаєшся цією фразою, так?

СКОРПІЙ

Цілий день її повторював.

ДІЯ ТРЕТЯ ~ СЦЕНА 15

ГОҐВОРТС, СЛИЗЕРИНСЬКИЙ ГУРТОЖИТОК

ГАРРІ *і* ДЖІНІ *квапливо йдуть по гуртожитку. За ними поспішає* КРЕЙҐ БОУКЕР МОЛОДШИЙ.

КРЕЙҐ БОУКЕР МОЛОДШИЙ
Мені що, повторювати знову? Це порушення правил, та ще й серед ночі.

ГАРРІ
Я мушу знайти сина.

КРЕЙҐ БОУКЕР МОЛОДШИЙ
Я знаю, хто ви такий, містере Поттере, але навіть ви мусите розуміти, що кодексом шкільних правил забороняється батькам і вчителям перебувати на території гуртожитків без спеціального дозволу від...

Ззаду за ними з'являється ПРОФЕСОРКА МАКҐОНЕҐЕЛ.

ПРОФЕСОРКА МАКҐОНЕҐЕЛ
Не будь таким надокучливим, Крейґ.

ГАРРІ
Ви отримали нашу звістку? Добре.

КРЕЙҐ БОУКЕР МОЛОДШИЙ *(спантеличений)*
Пані директорко. Я... я тільки...

ГАРРІ *відхиляє завісу над ліжком.*

ПРОФЕСОРКА МАКҐОНЕҐЕЛ
Він зник?

ГАРРІ

Так.

ПРОФЕСОРКА МАКҐОНЕҐЕЛ

А молодший Мелфой?

ДЖІНІ *відхиляє іншу завісу.*

ДЖІНІ

Ой, ні!

ПРОФЕСОРКА МАКҐОНЕҐЕЛ

Треба перевернути всю школу догори дриґом. Крейґ, маємо роботу...

ДЖІНІ *й* ГАРРІ *стоять і дивляться на ліжко.*

ДЖІНІ

Здається, ми вже це проходили?

ГАРРІ

Маю відчуття, що цього разу може бути ще гірше.

ДЖІНІ *перелякано дивиться на свого чоловіка.*

ДЖІНІ

Ти з ним недавно розмовляв?

ГАРРІ

Так.

ДЖІНІ

І навіть прийшов для цього у його спальню?

ГАРРІ

Ти це знаєш.

ДЖІНІ

А що ти йому сказав, Гаррі?

ГАРРІ *відчуває в її голосі звинувачувальні нотки.*

ГАРРІ

Я намагався бути відвертим, як ти й порадила... нічого такого не сказав.

ДЖІНІ

А ти тримав себе в руках? Чи знову зірвався?

ГАРРІ

...я не думаю, що... думаєш, я знову його сполохав?

ДЖІНІ

Я можу вибачити тобі одну помилку, Гаррі. Можливо, навіть дві, але що більше помилок ти робиш, тим важче мені тобі пробачати.

ДІЯ ТРЕТЯ ✺ СЦЕНА 16

ГОҐВОРТС, СОВАРНЯ

СКОРПІЙ і АЛБУС вилазять на омитий сріблястим світлом дах. Довкола них лунає м'яке совине ухкання.

СКОРПІЙ

Ну, думаю, що тут достатньо простого замовляння конфрінґо.

АЛБУС

Ні, звичайно, ні. Для такого потрібне експульсо.

СКОРПІЙ

Експульсо? Та нам же тоді доведеться хтозна-скільки днів збирати по всій соварні уламки часоворота.

АЛБУС

Бомбарда?

СКОРПІЙ

Щоб розбудити всіх у Гоґвортсі? Може, закляктус? Усі часовороти руйнували саме закляктусом...

АЛБУС

Власне, це вже робили до нас... треба придумати щось нове, прикольне.

СКОРПІЙ

Прикольне? Слухай, багато чаклунів дивилися крізь пальці, наскільки важливо вибрати відповідне закляття, але це ж має велике значення. Я взагалі вважаю, що це дуже недооцінена сфера сучасного чаклунства.

ДЕЛЬФІ

«Дуже недооцінена сфера сучасного чаклунства»... Ви, хлопці, такі молодці, ви це знаєте?

СКОРПІЙ *здивовано дивиться на* ДЕЛЬФІ, *яка раптом з'явилася за їхніми спинами.*

СКОРПІЙ

Ого. Ти... е-е... що ти тут робиш?

АЛБУС

Я подумав, що треба вислати сову... сповістити їй про наш задум... розумієш?

СКОРПІЙ *осудливо дивиться на друга.*

Це ж її теж стосується.

СКОРПІЙ *замислюється, і киває на знак згоди.*

ДЕЛЬФІ

Що мене стосується? Про що йдеться?

АЛБУС *витягає часоворот.*

АЛБУС

Нам треба знищити часоворот. Те, що Скорпій побачив після другого завдання... Мені дуже шкода. Але ми більше не зможемо ризикувати мандрівками в часі. Не зможемо врятувати твого двоюрідного брата.

ДЕЛЬФІ *дивиться на часоворот і на друзів.*

ДЕЛЬФІ

Твоя сова так мало мені розповіла...

АЛБУС

Уяви собі найгірший з можливих світів, а тоді уявно зроби його ще вдвічі гіршим. Людей катували... скрізь були дементори... деспотичний Волдеморт... мій тато мертвий, я так ніколи й не народився... світ, де панує темна магія. Ми просто... ми не можемо дозволити, щоб таке сталося.

ДЕЛЬФІ *вагається. Потім здивовано вигинає брови.*

ДЕЛЬФІ

Там панував Волдеморт? Він був живий?

СКОРПІЙ

Він панував над усім. Це було жахіття.

ДЕЛЬФІ

Через те, що він робив?

СКОРПІЙ

Принижений Седрик перетворився на сердитого юнака, а потім став смертежером і... і все пішло не так. Зовсім не так.

ДЕЛЬФІ *пильно вдивляється в обличчя* **СКОРПІЯ.** *Її обличчя видовжується.*

ДЕЛЬФІ

Смертежером?!

СКОРПІЙ

І вбивцею. Він убив професора Лонґботома.

ДЕЛЬФІ

Тоді... звісно... нам треба це знищити.

АЛБУС

Ти це розумієш?

ДЕЛЬФІ

Ба навіть більше... я впевнена, що й Седрик зрозумів би. Зруйнуємо часоворот разом, а потім підемо до мого дядечка. І все йому пояснимо.

АЛБУС

Дякую тобі.

ДЕЛЬФІ *сумовито усміхається і бере часоворот. Дивиться на нього, і вираз її обличчя трохи міняється.*

О, гарний малюнок.

ДЕЛЬФІ

Що?

Мантія ДЕЛЬФІ сповзла з плеча. На потилиці в неї витатуйована Авгурія.

АЛБУС

У тебе ззаду. Раніше я цього не помічав. Крила. Це те, що маґли називають татуюванням?

ДЕЛЬФІ

О, так. Це Авгурія.

СКОРПІЙ

Авгурія?!

ДЕЛЬФІ

Ви що, не зустрічалися з ними на догляді за магічними істотами? Це зловісні на вигляд чорні птахи, які голосять перед дощем. Чарівники колись вірили, що крики авгурій провіщають смерть. Коли я була мала, моя опікунка тримала одну таку в клітці.

СКОРПІЙ

Твоя... опікунка?

ДЕЛЬФІ дивиться на СКОРПІЯ. Тепер, коли часоворот у неї, вона отримує втіху від цієї гри.

ДЕЛЬФІ

Вона любила казати, що Авгурія голосить, бо бачить, що я погано закінчу. Я їй не дуже подобалась. Єфимія Роул... прийняла мене лише заради грошей.

АЛБУС

Тоді навіщо ж ти витатуювала її птаха?

ДЕЛЬФІ

Бо це нагадує мені, що майбутнє в наших руках.

АЛБУС

Класно. Я теж, мабуть, витатую собі Авгурію.

СКОРПІЙ

Роули були одними з наймерзенніших смертежерів.

У **СКОРПІЄВІЙ** *голові кружляє тисяча думок.*

АЛБУС

Ну все, знищення часоворота починається... Конфрінґо? Закляктус? Бомбарда? Що буде краще?

СКОРПІЙ

Віддай. Віддай мені часоворот.

ДЕЛЬФІ

Що?

АЛБУС

Скорпію? У чому справа?

СКОРПІЙ

Я не вірю, що ти колись хворіла. Чому ти не була в Гоґвортсі? Чому з'явилася тут і тепер?

ДЕЛЬФІ

Я намагаюся повернути свого двоюрідного брата!

СКОРПІЙ

Тебе називали Авгурія. У... тому, іншому світі... тебе називали Авгурія.

Вуста **ДЕЛЬФІ** *повільно розпливаються в усмішці.*

ДЕЛЬФІ

Авгурія? Мені це починає подобатись.

АЛБУС

Дельфі.

Вона занадто спритна. Скерувавши чарівну паличку на **СКОРПІЯ,** *вона відштовхує його назад. І набагато міцніша — * **СКОРПІЙ** *намагається її стримати, але вона швидко бере над ним гору.*

ДЕЛЬФІ

Фулґарі!

І руки СКОРПІЯ *вже зв'язані міцними лискучими мотуз-*
ками.

СКОРПІЙ

Албусе, тікай!

АЛБУС *ошелешено роззирається. А тоді кидається бігти.*

ДЕЛЬФІ

Фулґарі!

АЛБУС *падає, а його руки вже теж зв'язані тими самими*
путами.

І це тільки перше закляття, яким я скористалася. Ду-
мала, що доведеться вдатися ще до кількох. Але вас наба-
гато легше контролювати, ніж Амоса... Дітлахи, а надто
пацанята, такі піддатливі за своєю природою, правда? Ну,
а тепер раз і назавжди розберемося в цьому балагані...

АЛБУС

Чому? Що сталося? Хто ти така?

ДЕЛЬФІ

Албусе. Я — нове минуле.

Вона забирає в АЛБУСА *чарівну паличку і ламає її.*

Я — нове майбутнє.

Забирає у СКОРПІЯ *чарівну паличку і теж її ламає.*

Я — відповідь, яку шукав цей світ.

ДІЯ ТРЕТЯ ~ СЦЕНА 17

МІНІСТЕРСТВО МАГІЇ, КАБІНЕТ ГЕРМІОНИ

РОН *сидить на* ГЕРМІОНИНОМУ *письмовому столі і їсть кашу.*

РОН

Я справді не можу з цим змиритися. З тим фактом, що в деяких інших реальностях ми навіть, знаєш, не були одружені.

ГЕРМІОНА

Роне, що б там не було... але вже за десять хвилин сюди мають прибути ґобліни для обговорення заходів безпеки у Ґрінґотсі...

РОН

Тобто, ми ж були так довго разом... так довго одружені... тобто справді так довго...

ГЕРМІОНА

Якщо в такий спосіб ти намагаєшся сказати, що хочеш трохи відпочити від подружнього життя, то я зараз проштрикну тебе оцим пером.

РОН

Помовч. Ти можеш хоч раз помовчати? Я хочу вдатися до так званого оновлення шлюбу, я недавно про щось таке читав. Оновлення шлюбу. Що ти на це скажеш?

ГЕРМІОНА *(дещо лагідніше)*

Ти хочеш ще раз зі мною одружитися?

РОН

Ну, ми були такі молоді, коли робили це вперше, і я тоді дуже впився і... ну, правду кажучи, мало що пам'ятаю і... якщо чесно... я люблю тебе, Герміоно Ґрейнджер... і хай би там що, але... я хотів би мати нагоду сказати це на очах у багатьох інших людей. Знову. Тверезим.

Вона дивиться на нього, усміхається, пригортає його до себе й цілує.

ГЕРМІОНА

Ти такий солодкий.

РОН

А ти смакуєш ірисками.

ГЕРМІОНА сміється. ГАРРІ, ДЖІНІ і ДРАКО заходять саме тоді, коли вони знову намірилися поцілуватись. Парочка вмить вивільняється з обіймів.

ГЕРМІОНА

Гаррі, Джіні і... я, е-е... Драко... як гарно, що ви зайшли...

ГАРРІ

Сни. Знову почалися... Власне... так і не припинялися.

ДЖІНІ

І Албус пропав. Знову.

ДРАКО

Скорпій теж. Макґонеґел обнишпорила всю школу. Їх немає.

ГЕРМІОНА

Я негайно викликаю аврорів, я...

РОН

Ні, не треба, все гаразд. Я бачив Албуса учора ввечері. Усе нормально.

ДРАКО

Де?

Усі повертаються й дивляться на РОНА. *Він на якусь мить розгублюється, а тоді продовжує.*

РОН

Я перекинув пару чарочок вогневіскі з Невілом у Гоґсміді... як то буває часом... обговорюючи світові проблеми... як завжди... а потім ми верталися... доволі пізно, дуже пізно, намагаючись зрозуміти, який порошок флу мені вживати, бо коли трохи вип'єш, то не хочеться надто міцного... від якого крутиться в голові...

ДЖІНІ

Роне, а ти не міг би почати говорити по суті, поки ми тебе тут не задушили?

РОН

Він нікуди не втік... просто хоче мати хвилину спокою... разом зі своєю старою пасією...

ГАРРІ

Старою пасією?

РОН

Та ще й симпатюлькою... з розкішним сріблястим волоссям. Бачив їх удвох на даху, біля соварні, разом зі Скорпієм, що був там як пришитий-кобилі-хвіст. Я ще й подумав: як гарно, що придалося моє любовне зілля.

ГАРРІ замислюється.

ГАРРІ

Її волосся... було сріблясто-блакитне?

РОН

Саме так... сріблясто-блакитне... ага.

ГАРРІ

Він має на увазі Дельфі Діґорі. Племінницю... Амоса Діґорі.

ДЖІНІ

Невже знову йдеться про Седрика?

ГАРРІ *нічого не каже, швидко все обмірковуючи.* ГЕРМІ-ОНА *стурбовано роззирається по кімнаті, після чого гукає у відкриті двері.*

ГЕРМІОНА
  Етель, скасовуй ґоблінів!

ДІЯ ТРЕТЯ 🌙 СЦЕНА 18

ПРИТУЛОК СВЯТОГО ОСВАЛЬДА ДЛЯ СТАРИХ ВІДЬОМ І ЧАКЛУНІВ, КІМНАТА АМОСА

ГАРРІ *заходить, тримаючи в руках чарівну паличку, разом із* ДРАКО.

ГАРРІ

Де вони?

АМОС

Гаррі Поттер, і чим же я можу прислужитися, прошу пана? Та ще й Драко Мелфой. Яка радість.

ГАРРІ

Я знаю, як ти використав мого сина.

АМОС

Я використав твого сина? Ні. Це ви, прошу пана... ви використали мого прекрасного сина.

ДРАКО

Кажи нам... негайно... де Албус і Скорпій, якщо не хочеш, щоб наслідки для тебе були фатальні.

АМОС

Але звідки ж мені знати, де вони?

ДРАКО

Не вдавай із себе забудькуватого дідугана. Ми знаємо, що ти посилав йому сов.

АМОС

Нічого такого я не робив.

ГАРРІ

Амосе, ти ще не застарий для Азкабану. Перед тим, як вони щезли, їх бачили на Ґоґвортській вежі з твоєю небогою.

АМОС

Я не маю поняття, про що ви... *(Раптом спантеличено замовкає.)* З моєю небогою, тобто племінницею?

ГАРРІ

Я бачу, що твоєму падінню немає меж... так, твоєю племінницею, чи, може, ти станеш заперечувати, що вона там була, виконуючи твої чіткі інструкції...

АМОС

Так, стану... бо я не маю племінниці.

    ГАРРІ *відразу замовкає.*

ДРАКО

Ні, маєш, вона працює тут нянею. Твоя племінниця... Дельфінія Діґорі.

АМОС

Я знаю, що в мене нема ніякої племінниці, бо я ніколи не мав братів і сестер. І моя дружина їх не мала.

ДРАКО

Ми мусимо з'ясувати, хто вона така... негайно.

ДІЯ ТРЕТЯ ⟡ СЦЕНА 19

ГОҐВОРТС, ПОЛЕ ДЛЯ КВІДИЧУ

Ми бачимо ДЕЛЬФІ, *здивовано спостерігаючи, як швидко вона змінюється. Ще недавно невпевнена і нерішуча, вона випромінює тепер владність і силу.*

АЛБУС

Що ми робимо на квідичному полі?

ДЕЛЬФІ *нічого не каже.*

СКОРПІЙ

Тричаклунський турнір. Третє завдання. Лабіринт. Він був саме тут. Ми знову повертаємось по Седрика.

ДЕЛЬФІ

Так, пора вже раз і назавжди пощадити зайвого. Ми повернемось по Седрика і завдяки цьому відродимо світ, який ти бачив, Скорпію...

СКОРПІЙ

Пекло. Ти хочеш відродити пекло?

ДЕЛЬФІ

Я хочу відродити чисту й потужну магію. Я хочу воскресити Темного.

СКОРПІЙ

Ти хочеш повернути Волдеморта?

ДЕЛЬФІ

Єдиного справжнього володаря чаклунського світу. Він

повернеться. Ви трохи засмітили перші два завдання зайвими чарами... там уже присутні, як мінімум, два візити з майбутнього, тож я не ризикуватиму, щоб нас виявили чи відволікли увагу. Третє завдання чисте, то з нього й почнемо, так?

АЛБУС

Ми його не зупинимо... хоч би як ти нас примушувала... ми знаємо, що він мусить виграти турнір разом з моїм татом.

ДЕЛЬФІ

Я не хочу, щоб ви його просто зупинили. Я хочу, щоб ви його принизили. Він має вилетіти з цього лабіринту голий і на мітлі, зробленій з фіалкових віничків. Приниження допомогло вам тоді і допоможе нам цього разу. Таким чином здійсниться пророцтво.

СКОРПІЙ

Я не знав, що було якесь пророцтво... що воно таке?

ДЕЛЬФІ

Ти бачив, яким має бути світ, Скорпію, і сьогодні ми забезпечимо його повернення.

АЛБУС

Ми цього не зробимо. Ми не будемо тобі коритися. Ким би ти не була. І чого б від нас не вимагала.

ДЕЛЬФІ

Ще й як зробите.

АЛБУС

Хіба що під імперіусом. Під твоїм контролем.

ДЕЛЬФІ

Ні. Виконувати пророцтво маєш ти сам, а не якась подібна до тебе лялька... Саме ти маєш принизити Седрика, тож імперіус тут не допоможе... я змушу тебе до цього іншими засобами.

Вона дістає чарівну паличку. Цілиться нею в АЛБУСА, *який виклично випинає підборіддя.*

АЛБУС

Вдайся до найгіршого.

ДЕЛЬФІ *дивиться на нього. А тоді спрямовує чарівну паличку на* СКОРПІЯ.

ДЕЛЬФІ

Я так і зроблю.

АЛБУС

Ні!

ДЕЛЬФІ

Я так і думала... це тебе найбільше налякає.

СКОРПІЙ

Албусе, хоч би що вона робила зі мною... ми не можемо їй дозволити...

ДЕЛЬФІ

Круціо!

СКОРПІЙ *верещить від болю.*

АЛБУС

Я зараз...

ДЕЛЬФІ *(регочучи)*

Що? І що ж такого ти можеш зробити? Зневірити в собі чаклунський світ? Зганьбити родинну репутацію? Самому стати зайвим? Хочеш, щоб я перестала мучити твого друга? Тоді роби, що я тобі скажу.

Вона дивиться на АЛБУСА. *Його очі й далі свідчать про бажання чинити опір.*

Ні? Круціо!

АЛБУС

Припини! Будь ласка.

Вбігає сповнений енергії КРЕЙҐ.

КРЕЙҐ БОУКЕР МОЛОДШИЙ
Скорпію? Албусе? Вас усі шукають...

АЛБУС
Крейґ! Тікай звідси. Біжи по допомогу!

КРЕЙҐ БОУКЕР МОЛОДШИЙ
Що діється?

ДЕЛЬФІ
Авада Кедавра!

> ДЕЛЬФІ *вистрілює пучком зеленого світла, що шугає через усю сцену.* КРЕЙҐ *падає долілиць... і миттєво помирає. Западає тиша. Тиша, яка триває дуже довго.*

Ти ще не зрозумів? Це не дитячі розваги. Ти для мене корисний, а твої друзі — ні.

> АЛБУС *і* СКОРПІЙ *дивляться на тіло* КРЕЙҐА... *у їхніх головах суцільне пекло.*

Минуло чимало часу, поки я виявила твою ахіллесову п'яту, Албусе Поттере. Я думала, що це гонор, потреба вразити свого батька, але потім зрозуміла, що твоє слабке місце таке саме, як і в твого батька, — це дружба. Ти зробиш те, що я тобі звелю, якщо не хочеш, щоб Скорпій помер так, як і той зайвий.

Вона дивиться на друзів.

Волдеморт повернеться і Авгурія сидітиме пліч-о-пліч з ним. Саме так, як і було напророчено: «Коли не зайве пощадити зайвих, Коли порине у минуле час, Коли батьків уб'ють незнані діти, Тоді сам Темний Лорд повернеться до нас».

Вона усміхається. Брутально хапає СКОРПІЯ *і смикає його до себе.*

Седрик зайвий, а Албус...

Брутально хапає і смикає до себе АЛБУСА.

...незнане дитя, що вб'є свого батька, переписавши заново час і повернувши Темного Лорда.

Часоворот починає обертатися. Вона підтягує до нього їхні руки.

Зараз!

Потужний спалах світла. Розкотистий гуркіт. І час зупиняється. Після недовгого розмірковування він починає розмотуватися у зворотному напрямку, спочатку неквапливо...
А тоді дедалі швидше.
Звук, немовби щось засмоктується. І ляскіт.

ДІЯ ТРЕТЯ ~ СЦЕНА 20

ТРИЧАКЛУНСЬКИЙ ТУРНІР, ЛАБІРИНТ, 1995 РІК

Лабіринт, утворений закрученим у спіраль живоплотом, що не перестає рухатись. ДЕЛЬФІ *рішуче крокує лабіринтом. Вона тягне за собою* АЛБУСА *і* СКОРПІЯ. *Руки в них зв'язані, вони ледве волочать ноги, не бажаючи коритися їй.*

ЛУДО БЕҐМЕН
Пані й панове, хлопчики й дівчатка, дозвольте мені відкрити... найвидатніший... найлегендарніший... єдиний... і неперевершений ТРИЧАКЛУНСЬКИЙ ТУРНІР!

Лунають гучні оплески. ДЕЛЬФІ *звертає ліворуч.*

Якщо ви з Гоґвортсу, я хочу вас почути.

Гучні вигуки й оплески.

Якщо ви з Дурмстренґу — я теж хочу вас чути.

Гучні вигуки й оплески.

А ЯКЩО ВИ З БОБАТОНУ, ВАС ТЕЖ Я ХОЧУ ПОЧУТИ.

Захоплені вигуки й рясні оплески.
ДЕЛЬФІ *й хлопці змушені рухатись, бо живопліт немовби їх атакує.*

Нарешті ми почули, на що здатна французька публіка. Пані й панове, увага... останнє Тричаклунське завдання. Загадковий лабіринт, інфекційно неконтрольована пітьма, адже цей лабіринт — живий. Він живе власним життям.

Сцену перетинає ВІКТОР КРУМ, *пробираючись крізь лабіринт.*

А для чого ризикувати зіткненням з цим живим страхіттям? Бо десь посеред цього лабіринту стоїть Кубок... і не якийсь там звичайний Кубок... так, десь там, серед тієї зелені, стоїть Тричаклунський приз.

ДЕЛЬФІ

Де він? Де Седрик?

Живопліт мало не розсікає навпіл АЛБУСА *і* СКОРПІЯ.

СКОРПІЙ

Живопліт теж хоче нас убити? Що далі, тим цікавіше.

ДЕЛЬФІ

Рухайтесь, якщо не хочете, щоб це сталося.

ЛУДО БЕҐМЕН

Загрози численні, а трофеї здійсненні. Хто здолає цей тернистий шлях? Хто зазнає невдачі за крок до перемоги? Які герої народяться в наших лавах? Тільки час дасть остаточну відповідь, пані й панове, тільки час.

ДЕЛЬФІЯ *змушує* АЛБУСА *і* СКОРПІЯ *рухатися лабіринтом далі. Вона йде попереду, тож вони мають змогу перекинутися словом.*

СКОРПІЙ

Албусе, нам треба щось робити.

АЛБУС

Я знаю, але що? Наші чарівні палички зламані, ми — зв'язані, і вона погрожує нас убити.

СКОРПІЙ

Я готовий померти, якщо це завадить повернутися Волдеморту.

АЛБУС

Справді?

СКОРПІЙ

Тобі не доведеться занадто довго мене оплакувати, бо після мене вона уб'є й тебе.

АЛБУС (*розпачливо*)

А ця вада часоворота, правило п'яти хвилин. Нам треба якось затягти час.

СКОРПІЙ

Нічого не вийде.

Живопліт знову міняє напрямок, і **ДЕЛЬФІ** *тягне туди за собою* **АЛБУСА** *і* **СКОРПІЯ**. *Вони просуваються далі цим лабіринтом розпачу.*

ЛУДО БЕҐМЕН

А тепер дозвольте вам нагадати, хто зараз на якій позиції! На першому місці з рівною кількістю очок — містер Седрик Діґорі і містер Гаррі Поттер. На другому місці — містер Віктор Крум! І на третьому місці — мерсі бонжур, міс Флер Делякур.

Раптово з лабіринту вибігають **АЛБУС** *і* **СКОРПІЙ**.

АЛБУС

Куди вона пішла?

СКОРПІЙ

Яка тобі різниця? Куди нам бігти?

За їхніми спинами з'являється **ДЕЛЬФІ**. *Вона летить просто в повітрі, причому без мітли.*

ДЕЛЬФІ

Нещасні бідолахи.

Вона жбурляє хлопців на землю.

Мріяли втекти від мене.

АЛБУС (*здивовано*)

Ти навіть... не маєш мітли.

ДЕЛЬФІ

Кому потрібні мітли... громіздкі й незграбні. Минуло три хвилини. Ми маємо ще дві. І ви зробите те, що я звелю.

СКОРПІЙ

Ні. Не зробимо.

ДЕЛЬФІ

Думаєте, що зможете боротися зі мною?

СКОРПІЙ

Ні. Але можемо тобі не підкоритися. Якщо заради цього пожертвуємо своїм життям.

ДЕЛЬФІ

Пророцтво повинно бути виконане. І ми його виконаємо.

СКОРПІЙ

Буває, що пророцтва й не справджуються.

ДЕЛЬФІ

Помиляєшся, дитино, пророцтва — це наше майбутнє.

СКОРПІЙ

Але якщо це пророцтво неминуче, то чого ми намагаємось на нього вплинути? Твої дії суперечать твоїм словам... ти тягнеш нас по лабіринту, бо віриш у те, що пророцтво треба активізувати... а за цією логікою, пророцтва можна й зламати... протидіючи.

ДЕЛЬФІ

Ти забагато базікаєш, дитино. Круціо!

СКОРПІЙ *корчиться від болю.*

АЛБУС

Скорпію!

СКОРПІЙ

Ти хотів пройти випробування, Албусе... Ось маєш тест, і ми не повинні його провалити.

АЛБУС *дивиться на* СКОРПІЯ, *нарешті зрозумівши, що мусить зробити. Він киває.*

ДЕЛЬФІ

Тоді ви помрете.

АЛБУС *(сповнений рішучості)*

Так. Помремо. І зробимо це з радістю, знаючи, що це тебе зупинить.

ДЕЛЬФІ *розлючено здіймається вгору.*

ДЕЛЬФІ

Ми не маємо більше часу. Кру...

ТАЄМНИЧИЙ ГОЛОС

Експеліармус!

Лясь! Чарівна паличка ДЕЛЬФІ *вислизає з її рук.* СКОРПІЙ *здивовано на це дивиться.*

Брахабіндо!

І ДЕЛЬФІ *вже зв'язана.* СКОРПІЙ *і* АЛБУС *одночасно обертаються й ошелешено дивляться на того, хто наслав ці закляття: на юного вродливого юнака, якому на вигляд років сімнадцять, — на* СЕДРИКА.

СЕДРИК

Ні кроку вперед.

СКОРПІЙ

Але ж ти — це...

СЕДРИК

Седрик Діґорі. Я почув крики, тож мусив прибігти. Назвіть себе, бестії, я з вами битимусь.

АЛБУС *приголомшено повертається до нього.*

АЛБУС

Седрик?

СКОРПІЙ

Ти врятував нас.

СЕДРИК

Ви теж моє завдання? Перешкода? Говоріть. Я вас теж маю здолати?

Мовчанка.

СКОРПІЙ

Ні. Ти тільки мусиш нас звільнити. Таким є завдання.

СЕДРИК *задумується, намагаючись зрозуміти, чи це не пастка, а тоді робить помах чарівною паличкою.*

СЕДРИК

Емансіпаре! Емансіпаре!

Хлопці звільняються від пут.

Тепер я можу йти далі? До кінця лабіринту?

Хлопці дивляться на **СЕДРИКА**... *ледве стримуючи сльози.*

АЛБУС

Боюся, що ти мусиш іти до кінця.

СЕДРИК

То я пішов.

СЕДРИК *рішуче йде далі.* **АЛБУС** *дивиться йому вслід... розпачливо прагне ще щось йому сказати, але не може підшукати потрібних слів.*

АЛБУС

Седрику...

СЕДРИК *обертається до нього.*

Твій тато тебе дуже любить.

СЕДРИК

Що?

За їхніми спинами починає рухатись ДЕЛЬФІ. *Вона повзе по землі.*

АЛБУС

Просто подумав, що тобі варто це знати.

СЕДРИК

Добре. Е-е... Дякую тобі.

СЕДРИК *ще якусь мить дивиться на* **АЛБУСА** *і йде далі.* **ДЕЛЬФІ** *витягає з мантії часоворот.*

СКОРПІЙ

Албусе.

АЛБУС

Ні. Зачекай...

СКОРПІЙ

Часоворот знову обертається... дивися, що вона затіяла... вона не може залишити нас тут.

АЛБУС *і* **СКОРПІЙ** *ледве встигають ухопитися за часоворот.*
Аж ось потужний спалах світла. Розкотистий гуркіт. І час зупиняється. Після недовгого розмірковування, він починає розмотуватися в зворотному напрямку, спочатку некваппиво...
А тоді дедалі швидше...

Албусе...

АЛБУС

Що ми зробили?

СКОРПІЙ

Ми мусили помандрувати з часоворотом, щоб спробувати її зупинити.

ДЕЛЬФІ

Зупинити мене? І як же ви збиралися мене зупинити? З мене вже досить. Нехай ви й завадили мені використати

Седрика, щоб світ став темнішим, але, можливо, Скорпію, ти мав рацію… можливо, пророцтвам можна запобігти, можливо, вони не завжди справджуються. Але найголовніше те, що мені вже набридло мати справу з такими примітивними й бездарними істотами, як ви. Не марнуватиму більше з вами жодної своєї дорогоцінної секунди. Пора випробувати щось новеньке.

Вона розбиває часоворот. Він вибухає й розлітається на тисячі друзок.

ДЕЛЬФІ *знову злітає в повітря. Радісно регоче, швидко віддаляючись геть.*

Хлопці намагаються її наздогнати, але це неможливо — вона летить у повітрі, а вони біжать по землі.

АЛБУС

Ні… ні… ти не можеш…

СКОРПІЙ *повертається назад і намагається позбирати уламки часоворота.*

Часоворот? Він зруйнований?

СКОРПІЙ

На друзки. Ми тут застрягли. В часі. Самі не знаємо, в якому часі. І що вона замислила зробити.

АЛБУС

Гоґвортс на вигляд такий самий.

СКОРПІЙ

Так. Але нас тут ніхто не повинен бачити. Ходімо звідси, поки нас не помітили.

АЛБУС

Нам треба її зупинити, Скорпію.

СКОРПІЙ

Я знаю, що треба… але як?

ДІЯ ТРЕТЯ ⟍ СЦЕНА 21

ПРИТУЛОК СВЯТОГО ОСВАЛЬДА ДЛЯ СТАРИХ ВІДЬОМ І ЧАКЛУНІВ, КІМНАТА ДЕЛЬФІ

ГАРРІ, ГЕРМІОНА, РОН, ДРАКО *і* ДЖІНІ *роззираються у простенькій, оббитій дубовими панелями кімнаті.*

ГАРРІ

Мабуть, вона закляла його конфундусом. Закляла їх усіх. Прикидалася нянею, прикидалася його небогою.

ГЕРМІОНА

Я щойно перевірила все в міністерстві... але там нема жоднісінької інформації про неї. Вона — як тінь.

ДРАКО

Спеціаліс ревеліо!

Усі обертаються і дивляться на ДРАКО.

Ну, але ж варто спробувати, чого ви всі чекаєте? Ми й так нічого не знаємо, то, може, хоч ця кімната відкриє нам бодай щось.

ДЖІНІ

Де вона може ховати якісь речі? Кімната доволі порожня, просто спартанська.

РОН

А ці панелі? Панелі повинні щось приховувати.

ДРАКО

Або ліжко.

ДРАКО *починає обстежувати ліжко,* ДЖІНІ *— лампу, а всі решта — панелі.*

РОН *(кричить, простукуючи стіни)*

Що ви ховаєте? Що маєте в собі?

ГЕРМІОНА

Може, нам усім треба хоч на мить зупинитися й поміркувати, що...

ДЖІНІ відкручує скло з гасової лампи. Чути немовби чиєсь дихання. А потім якісь шиплячі слова. Усі обертаються, почувши це сичання.

Що це було?

ГАРРІ

Це... хоч я й не мав би розуміти... це парселмова.

ГЕРМІОНА

І що було сказано?

ГАРРІ

Звідки мені?.. Після смерті Волдеморта я перестав розуміти парселмову.

ГЕРМІОНА

І шрам твій теж не болів.

ГАРРІ дивиться на ГЕРМІОНУ.

ГАРРІ

Вона каже: «Вітаю Августрію». Мені здається, я мушу звеліти, щоб вона відчинилася.

ДРАКО

То так і зроби.

ГАРРІ заплющує очі. Говорить щось парселмовою. Кімната починає мінятися, стає темнішою і жахливішою. На стінах з'являються малюнки переплетених змій, що звиваються.
А зверху на них проявляється написане флуоресцентною фарбою пророцтво.

Що це таке?

РОН

«Коли не зайве пощадити зайвих, Коли порине у минуле час, Коли батьків уб'ють незнані діти, Тоді сам Темний Лорд повернеться до нас».

ДЖІНІ

Пророцтво. Нове пророцтво.

ГЕРМІОНА

Седрик… Седрика назвали зайвим.

РОН

Коли порине у минуле час… часоворот опинився в її руках, чи не так?

Їхні обличчя хмурніють.

ГЕРМІОНА

Саме так.

РОН

Але тоді навіщо їй Скорпій і Албус?

ГАРРІ

Бо я батько… який не знав своєї дитини. Не розумів її.

ДРАКО

Хто вона така? І чому така одержима цим усім?

ДЖІНІ

Мені здається, я знаю відповідь.

Усі повертаються до неї. Вона показує вгору… їхні лиця стають ще похмуріші і нажаханіші.
На всіх стінах глядацької зали з'являються слова… жахливі, загрозливі слова.

«Я воскрешу Темного. Я поверну батька назад».

РОН

Ні. Вона не може…

ГЕРМІОНА
    А хіба це взагалі... можливо?

ДРАКО
    Волдеморт мав доньку?

    Вони нажахано дивляться вгору. ДЖІНІ *бере за руку* ГАРРІ.

ГАРРІ
    Ні, ні, ні. Не це. Тільки не це.

    Затемнення.

АНТРАКТ

ДІЯ ЧЕТВЕРТА

ДІЯ ЧЕТВЕРТА ✧ СЦЕНА I

МІНІСТЕСТВО МАГІЇ, ҐРАНД КОНФЕРЕНЦ-ЗАЛ

Відьми й чаклуни з усіх усюд заповнюють Ґранд конференц-зал. ГЕРМІОНА *виходить на зроблене нашвидкуруч підвищення. Піднімає руку, вимагаючи тиші. Усі замовкають. Вона здивована, що їй так легко це вдалося. Роззирається довкола.*

ГЕРМІОНА

Дякую вам. Мені дуже приємно, що так багато людей змогли прийти на оголошені мною... вже вдруге... Надзвичайні загальні збори. Мушу вам дещо повідомити... і прошу звертатися до мене із запитаннями... а їх буде чимало... після того, як я закінчу говорити.

Багатьом із вас уже відомо, що в Гоґвортсі було знайдено тіло учня. Звали його Крейґ Боукер. Це був гарний хлопець. Ми ще не маємо достовірної інформації про те, хто несе відповідальність за цей злочин, але вчора ми обшукали притулок святого Освальда. Одна з кімнат виявила дві речі: пророцтво, яке провіщало... повернення пітьми... і послання, написане на стелі... про те, що Темний Лорд мав... що Волдеморт мав дитину.

Новина розлітається по залі, викликаючи відповідну реакцію.

Ми ще не знаємо усіх деталей. Щойно почалося розслідування... допитуємо всіх, хто був пов'язаний зі смертежерами... але досі не виявлено ніяких свідчень ні про цю дитину, ані про пророцтво. Однак, як видається, усе це не зовсім далеке від істини. Це дитя приховувалося від чаклунського світу, а тепер вона... ну, тепер вона...

ПРОФЕСОРКА МАКҐОНЕҐЕЛ

Вона? Дочка? У нього була дочка?

ГЕРМІОНА

Так. Дочка.

ПРОФЕСОРКА МАКҐОНЕҐЕЛ

Її вже затримали?

ГАРРІ

Пані професорко, вона просила не задавати запитань.

ГЕРМІОНА

Усе гаразд, Гаррі. Ні, пані професорко, власне, тут і починаються проблеми. Боюся, що ми не маємо можливості її затримати. Чи, взагалі, зупинити її від скоєння злочинів. Вона нам недосяжна.

ПРОФЕСОРКА МАКҐОНЕҐЕЛ

І ми не можемо... її розшукати?

ГЕРМІОНА

У нас є всі підстави вважати, що вона надійно сховалася... в часі.

ПРОФЕСОРКА МАКҐОНЕҐЕЛ

Ви що, попри всю необачність і безглуздість цієї затії, продовжували зберігати в себе часоворот?

ГЕРМІОНА

Пані професорко, запевняю вас...

ПРОФЕСОРКА МАКҐОНЕҐЕЛ

Та це просто ганебно з вашого боку, Герміоно Ґрейнджер!

ГЕРМІОНА *аж здригається, відчувши справжню лють професорки.*

ГАРРІ

Ні, вона цього не заслуговує. Ви маєте право гніватись.

Усі ви. Але не тільки Герміона в цьому винна. Ми ще не знаємо, яким чином та відьма роздобула часоворот. Можливо, вона отримала його від мого сина.

ДЖІНІ

Від нашого сина. Або викрала його в нього.

ДЖІНІ підходить до ГАРРІ, що вже стоїть на підвищенні.

ПРОФЕСОРКА МАКҐОНЕҐЕЛ

Ваша солідарність заслуговує всіляких похвал, але це аж ніяк не применшує ступеня вашої недбалості.

ДРАКО

Тоді і я маю нести за це відповідальність.

ДРАКО виходить на підвищення і стає поруч із ДЖІНІ. У цей момент він нагадує Спартака. З юрби чуються зойки.

Герміона і Гаррі не вчинили нічого лихого, вони лише намагалися усіх нас захистити. І якщо вони винні, то я теж.

ГЕРМІОНА дивиться на нього... вона зворушена. РОН долучається до них.

РОН

Хочу лише додати... я мало що про це знаю, тож не можу брати на себе відповідальність... і ще я впевнений, що мої діти аж ніяк з цим не пов'язані... Але якщо вже уся ця компашка тут зібралася, то я теж стоятиму поруч.

ДЖІНІ

Ніхто не знає, де вони зараз... разом чи окремо. Я вірю, що наші сини зроблять усе можливе, щоб її зупинити, але...

ГЕРМІОНА

Ми не втрачаємо надії. Звернулися по допомогу до велетів. До тролів. До всіх, кого могли знайти. Аврори вже активно літають, розшукують, розпитують тих, хто володіє таємницями, переслідують тих, хто ці таємниці приховує.

ГАРРІ

Але є момент істини, який ми не можемо відкинути: десь там у нашому минулому є відьма, яка намагається переписати всю нашу історію... і нам не залишається нічого іншого, як чекати... чекати тієї миті, коли ми довідаємось — перемогла вона чи програла.

ПРОФЕСОРКА МАКҐОНЕҐЕЛ

А якщо вона переможе?

ГАРРІ

Тоді... все, що я можу сказати... більшість присутніх у цій залі зникнуть, перестануть існувати, а Волдеморт знову стане володарем світу.

ДІЯ ЧЕТВЕРТА ⌒ СЦЕНА 2

ШОТЛАНДСЬКЕ ВИСОКОГІР'Я, ЗАЛІЗНИЧНА СТАНЦІЯ ЕВІМОР, 1981 РІК

АЛБУС *і* СКОРПІЙ *боязко поглядають на* НАЧАЛЬНИКА СТАНЦІЇ.

АЛБУС

Хтось із нас має з ним поговорити, як ти гадаєш?

СКОРПІЙ

Вітаю вас, пане начальнику станції. Пане маґле. Таке запитання: ви часом не зауважили, тут не пролітала одна відьма? І, до речі, який зараз рік? Ми щойно втекли з Гоґвортсу, бо боялися, що перевернемо його догори дриґом, але ж це нормально?

АЛБУС

Знаєш, що мене найбільше мучить? Те, що тато подумає, ніби ми це все зробили навмисне.

СКОРПІЙ

Албусе. Справді? Тобто справді-справді? Ми... в пастці... загублені... в якомусь часі... можливо, назавжди... а тебе хвилює, що може подумати про це тато? Я вас обох ніколи не зрозумію.

АЛБУС

Це нелегко зрозуміти. Тато — складна натура.

СКОРПІЙ

А ти — ні? Вже промовчу, який ти мастак розбиратися в жінках... але те, що тобі подобалась... ну...

Хлопці чудово розуміють, про кого йдеться.

АЛБУС

Це було, хіба я заперечую? Але те, що вона зробила з Крейґом...

СКОРПІЙ

Давай краще не думати про це. Краще зосередьмося на тому, що в нас немає чарівних паличок, немає мітел, немає ніяких засобів повернення в наш час. Єдине, що в нас є, — наші мізки і... та ні, це все, тільки вони... і ми мусимо її зупинити.

НАЧАЛЬНИК СТАНЦІЇ

Хлуп'ята, ви петраєте, шо потяг Олд Рікі си запізнює, га?

СКОРПІЙ

Перепрошую?

НАЧАЛЬНИК СТАНЦІЇ

Якшо ви чекаєте на потяг Олд Рікі, то знайте, шо він си прибуде пізніше. Він їде за розкладом. Але за зміненим розкладом.

Він дивиться на них, а вони відповідають йому спантеличеними поглядами. Він насуплює брови і подає їм змінений розклад поїздів. Показує на відповідну позначку.

Він си запізнює.

АЛБУС бере розклад і читає. Вираз його обличчя змінюється від надміру інформації. СКОРПІЙ просто дивиться на начальника станції.

АЛБУС

Я знаю, де вона.

СКОРПІЙ

Ти зміг там щось зрозуміти?

АЛБУС

Подивися на дату. На розкладі.

СКОРПІЙ *нахиляється й читає.*

СКОРПІЙ

30 жовтня 1981 року. День напередодні Гелловіну, тридцять дев'ять років тому. Але... до чого тут вона? А-а...

СКОРПІЄВЕ *обличчя хмурніє, бо він починає все розуміти.*

АЛБУС

Смерть моїх дідуся й бабусі. Напад на мого тата, коли він був ще дитям... Той момент, коли Волдемортове закляття зрикошетило на нього самого. Вона не намагається здійснити своє пророцтво... вона намагається запобігти значно більшому.

СКОРПІЙ

Більшому пророцтву?

АЛБУС

«Наближається той, хто зможе перемогти Темного Лорда...»

СКОРПІЙ *теж починає цитувати.*

СКОРПІЙ і АЛБУС

«...народжений наприкінці сьомого місяця тими, хто тричі кидав йому виклик...»

З кожним словом СКОРПІЄВЕ *обличчя ще більше хмурніє.*

СКОРПІЙ

Це я винен. Я їй сказав, що пророцтва не завжди справджуються... сказав, що всю логіку здійснення пророцтв можна поставити під сумнів...

АЛБУС

Через двадцять чотири години Волдеморт поцілить у себе власним прокляттям, намагаючись убити немовля — Гаррі Поттера. Дельфі робить усе, щоб запобігти цьому. Вона хоче вбити Гаррі сама. Ми мусимо дістатися до Годрикової Долини. Негайно.

ДІЯ ЧЕТВЕРТА ✦ СЦЕНА 3

ҐОДРИКОВА ДОЛИНА, 1981 РІК

АЛБУС і СКОРПІЙ *ідуть центром мальовничого села, що називається Ґодрикова Долина.*

СКОРПІЙ

Ну, я поки що не помічаю ніяких ознак нападу.

АЛБУС

А це точно Ґодрикова Долина?

СКОРПІЙ

Твій тато ніколи тебе сюди не привозив?

АЛБУС

Ні, він кілька разів намагався, але я не хотів.

СКОРПІЙ

Ну, в нас немає часу оглядати тутешні визначні місця... мусимо рятувати світ від смертоносної відьми... але ось поглянь... церква святого Ієроніма...

Церква, на яку він показує, стає видима глядачам.

АЛБУС

Чудесна.

СКОРПІЙ

А цвинтар святого Ієроніма відомий своїми чудесними привидами *(показує в інший бік)*, і саме там буде статуя Гаррі Поттера з батьками...

АЛБУС

Мій тато має статую?

СКОРПІЙ

Ні, ще ні. Але матиме. Я сподіваюся. А це... це дім Батільди Беґшот, у якому вона жила, живе...

АЛБУС

Батільда Беґшот? Авторка «Історії магії»?

СКОРПІЙ

Та сама. Ого, та це ж вона! Оце так. Я аж пищу. Мій внутрішній мудрагель тремтить від збудження.

АЛБУС

Скорпію!

СКОРПІЙ

А ось і...

АЛБУС

Дім Джеймса, Лілі та Гаррі Поттерів...

Молода вродлива пара виходить з будинку з немовлям у візочку. АЛБУС *мимоволі рухається до них, але* СКОРПІЙ *тягне його назад.*

СКОРПІЙ

Їм не можна тебе бачити, Албусе, це може вплинути на час, а ми цього не хочемо.... не тепер.

АЛБУС

Але це означає, що вона ще... нам це вдалося... вона не...

СКОРПІЙ

Але що ж нам робити тепер? Готуватися до бою? Бо ж вона доволі... люта.

АЛБУС

Так. Ми якось цього й не продумали. Що ж нам тепер робити? Як захистити мого тата?

ДІЯ ЧЕТВЕРТА ~ СЦЕНА 4

МІНІСТЕРСТВО МАГІЇ, КАБІНЕТ ГАРРІ ПОТТЕРА

ГАРРІ *поспіхом перебирає папери.*

ДАМБЛДОР

Доброго вечора, Гаррі.

Пауза. ГАРРІ *дивиться на портрет* ДАМБЛДОРА, *на обличчі якого жодних емоцій.*

ГАРРІ

Професоре Дамблдоре. В моєму кабінеті? Це для мене честь. Я маю бути там, де щось відбувається? Сьогодні?

ДАМБЛДОР

Чим ти займаєшся?

ГАРРІ

Переглядаю папери, щоб знати, чи я часом чогось не пропустив. Готую всі сили до битви, принаймні, в тому обмеженому варіанті, який нам доступний. Бо знаю, що справжня битва розгортається дуже далеко від нас. Що ще я можу зробити?

Пауза. ДАМБЛДОР *мовчить.*

Де ви були, Дамблдоре?

ДАМБЛДОР

Зараз я тут.

ГАРРІ

Тут, де ми програємо битву. Чи ви заперечуєте можливість повернення Волдеморта?

ДАМБЛДОР

Така можливість... існує.

ГАРРІ

Не треба. Ідіть звідси. Не хочу вас бачити, мені ви не потрібні. Ви були відсутні щоразу, коли я на вас розраховував. Я тричі з ним бився без вас. І якщо виникне потреба, битимуся знову... сам.

ДАМБЛДОР

Гаррі, невже ти думаєш, що я не хотів би з ним битися замість тебе? Якби я міг, я би обійшовся без тебе...

ГАРРІ

Любов нас засліплює? Ви хоч знаєте, що це означає? Ви хоч знаєте, наскільки ця порада нікчемна? Мій син... мій син б'ється заради нас, як я це робив заради вас. І я виявився для нього не кращим батьком, ніж ви для мене. Залишав його там, де його не любили... плекав у ньому гіркоту образ, які він роками не міг зрозуміти...

ДАМБЛДОР

Якщо ти натякаєш на Прівіт-драйв, то я...

ГАРРІ

Роками... роками я був там сам-один, не знаючи, хто я такий і чому я там опинився... не знаючи, чи я комусь потрібний!

ДАМБЛДОР

Я... я не хотів занадто прив'язуватися до тебе...

ГАРРІ

Оберігаючи самого себе, навіть тоді!

ДАМБЛДОР

Ні. Я захищав тебе. Я не хотів завдати тобі болю...

ДАМБЛДОР *намагається простягнути з портрета руку, але не може цього зробити. Його очі повняться слізьми, які він хоче приховати.*

Але врешті-решт я мусив з тобою зустрітися... тобі було одинадцять, і ти був такий відважний. Такий достойний. Ти йшов, не нарікаючи, тим шляхом, який тобі судився. Звичайно ж, я тебе любив... і я знав, що все це знову повториться... що моя любов завдасть непоправної шкоди... я не пристосований для того, щоб любити... ніколи не міг любити, щоб не завдати болю...

Пауза.

ГАРРІ

Цей біль був би менший, якби ви сказали мені це ще тоді.

ДАМБЛДОР *(уже не приховуючи сліз)*

Я був засліплений. Ось що робить любов. Я не розумів, що ти хотів почути, що цей відлюдькуватий, підступний, небезпечний стариган... тебе любить...

Мовчанка. Обидва чоловіки переповнені емоціями.

ГАРРІ

Це неправда, що я ніколи не нарікав.

ДАМБЛДОР

Гаррі, не існує досконалих відповідей у цьому плутаному, емоційному світі. Досконалість недоступна людям, навіть чарівникам. Кожна осяйна мить щастя містить у собі крапельку отрути: розуміння, що біль повернеться знову. Будь чесним з тими, кого любиш, не приховуй від них свого болю. Страждати для людини так само природно, як і дихати.

ГАРРІ

Ви вже мені колись таке казали.

ДАМБЛДОР

Це все, що я можу запропонувати тобі сьогодні.

Він починає віддалятися.

ГАРРІ

Не йдіть!

ДАМБЛДОР

Ті, хто любить, ніколи нас по-справжньому не покидають, Гаррі, є речі, які непідвладні смерті. Фарби... пам'ять... і любов.

ГАРРІ

Я теж вас любив, Дамблдоре.

ДАМБЛДОР

Я знаю.

Він зникає. ГАРРІ *залишається сам. Заходить* ДРАКО.

ДРАКО

Ти знав, що в тій, іншій, реальності... реальності, яку бачив Скорпій... я був головою відділу з дотримання магічних законів? Можливо, цей кабінет невдовзі стане моїм. З тобою все гаразд?

ГАРРІ *засмучений.*

ГАРРІ

Заходь... познайомлю тебе з кабінетом.

ДРАКО, *вагаючись, заходить до кабінету. З відразою роз-зирається довкола.*

ДРАКО

Проблема в тім... що я ніколи не міг уявити себе міністерським чинушею. З самого дитинства. Мій тато... це була його мрія... але не моя.

ГАРРІ

А що тебе цікавило?

ДРАКО

Квідич. Але я був недостатньо вправний. Найбільше я хотів бути просто щасливим.

ГАРРІ киває. **ДРАКО** *ще якусь мить на нього дивиться.*

Вибач, я не надто надаюся до світських бесід. Якщо не заперечуєш, я відразу перейду до серйозніших справ.

ГАРРІ

Звичайно. І які це... серйозніші... справи?

Пауза.

ДРАКО

Гадаєш, у Теодора Нота був лиш один часоворот?

ГАРРІ

Що?

ДРАКО

Часоворот, конфіскований міністерством, був, по суті, лише моделлю. Зробленою з недорогого металу. Він, звісно, виконував свою роботу. Але мав можливість повертатися в минуле лише на п'ять хвилин... а це серйозний недолік... це не те, чим можна було б зацікавити справжніх колекціонерів Темної магії.

ГАРРІ усвідомлює, до чого веде **ДРАКО**.

ГАРРІ

Він працював на тебе?

ДРАКО

Ні. На мого батька. Батько полюбляв мати речі, яких ні в кого не було. Міністерські часовороти... завдяки Кроукеру... завжди здавалися йому надто примітивними. Він хотів мати змогу вертатися в минуле не на якусь там годину, а на роки. Хоч він ніколи ним так і не скористався, бо в глибині душі, мабуть, волів би жити в світі без Волдеморта. Але так, це правда: для нього було виготовлено потужний часоворот.

ГАРРІ

І ти його зберіг?

ДРАКО *витягає часоворот.*

ДРАКО

Ніяких п'ятихвилинних обмежень, вилискує, як золотий, саме так, як подобалося Мелфоям. Бачу, ти усміхаєшся.

ГАРРІ

Герміона Ґрейнджер. Вона зберігала той перший часоворот лише тому, що підозрювала про існування другого й боялася цього. Ховаючи його в себе, ти ризикував потрапити в Азкабан.

ДРАКО

Подумай про альтернативу... що сталося б, якби всі довідалися, що я маю можливість подорожувати в часі. Подумай, наскільки усі ці чутки про мене в очах людей стали б... вагомішими.

ГАРРІ *дивиться на* **ДРАКО**, *чудово його розуміючи.*

ГАРРІ

Скорпій.

ДРАКО

Ми могли мати дітей, але Асторія була надто квола. Кровне закляття, дуже серйозне. Був проклятий один з її предків... і це передалося їй. Ти ж бо знаєш, як такі речі можуть передаватися з покоління в покоління...

ГАРРІ

Мені дуже шкода, Драко.

ДРАКО

Я не хотів ризикувати її здоров'ям, доводив, що для мене не фатально, якщо лінія Мелфоєвого роду обірветься на мені... хай би що там казав батько. Але Асторія... вона хотіла мати дитину не заради прізвища Мелфой, не заради чистокровності чи слави, а заради нас обох. Народилося наше дитя, Скорпій... це був найкращий день у нашому житті, хоч це й серйозно підірвало здоров'я Асторії. Ми втрьох вирішили сховатися. Від усіх. Я хотів зберегти її силу... але з цього й почалися плітки.

ГАРРІ

Мені навіть важко уявити, що ви пережили.

ДРАКО

Асторія відчувала, що їй не судилося дожити до старості. Вона хотіла, щоб зі мною після її відходу хтось залишився, адже... як же самотньо бути Драко Мелфоєм. Мене завжди підозрюватимуть. Минулого не уникнути. Але я ніколи й подумати не міг, що, ховаючи його від цього пліткарського дешевого світу, я зробив усе, щоб до мого сина ставилися ще з більшими підозрами.

ГАРРІ

Любов засліплює. Ми обидва намагалися дати нашим синам не те, що було потрібно їм, а те, що потрібно нам. Ми так старанно намагалися переписати своє минуле, що зіпсували їм їхнє теперішнє життя.

ДРАКО

Ось тому тобі й потрібен цей часоворот. Я з останніх сил уникав спокуси скористатися ним, хоч був готовий продати власну душу, щоб побути ще бодай хвилиночку з Асторією...

ГАРРІ

Ой, Драко... нам не можна. Не можна ним користуватися.

ДРАКО *дивиться на* **ГАРРІ**, *і вперше... опинившись на самому дні жахливої безодні... вони бачать один у одному друзів.*

ДРАКО

Ми мусимо їх знайти... хай би це тривало віки, але ми мусимо знайти своїх синів...

ГАРРІ

Але ж ми не маємо зеленого поняття, де і в якому часі вони перебувають. Блукати в часі, не знаючи, в якому часовому відтинку їх шукати, — це безплідна затія. Боюся, що тут нам не допоможе ні любов, ні часоворот. Тепер нам лишається одне: покластися на наших синів... тільки вони можуть нас порятувати.

ДІЯ ЧЕТВЕРТА СЦЕНА 5

ҐОДРИКОВА ДОЛИНА, БІЛЯ ХАТИ ДЖЕЙМСА І ЛІЛІ ПОТТЕРІВ, 1981 РІК

АЛБУС

Може, скажемо про це дідусеві й бабусі?

СКОРПІЙ

Що вони ніколи не побачать, як ростиме їхній син?

АЛБУС

Бабуся має в собі незвичайну силу... я це знаю... ти ж її бачив.

СКОРПІЙ

Вона чудова, Албусе. І на твоєму місці я теж хотів би поговорити з нею. Але вона мусить відчайдушно благати Волдеморта пощадити життя Гаррі, має розуміти, що він ось-ось може померти, бо інакше ти ганебно розкриєш їй майбутнє, яке не здійсниться...

АЛБУС

Дамблдор. Дамблдор ще живий. Нам треба якось його попередити. Зробимо те, що ти зробив зі Снейпом...

СКОРПІЙ

Хіба ми можемо ризикувати, щоб він довідався, що твій тато виживе? І матиме дітей?

АЛБУС

Він — Дамблдор! Він може впоратися з будь-чим!

СКОРПІЙ

Албусе, є, може, з сотня книжок, де описано, що саме Дамблдор знав, як він про це довідався і чому він робив те, що робив. Але є одна безсумнівна річ: те, що він зробив... він мусить зробити... і я не збираюся в це втручатися, бо це занадто ризиковано. Тоді я міг попросити про допомогу, бо перебував у іншій реальності. Ми ж — ні. Ми зараз у минулому. Ми не можемо втручатися в час, створюючи нові проблеми... якщо наші пригоди бодай чогось нас навчили, то насамперед саме цього. Небезпека розмови... яка може вплинути на плин часу... занадто висока.

АЛБУС

Тоді нам треба... порозмовляти з майбутнім. Треба сповістити про все моєму татові.

СКОРПІЙ

Але ж у нас нема сови, яка могла б долати час. А в нього нема часовороту.

АЛБУС

Ми йому сповістимо. А він знайде спосіб як дістатися сюди. Навіть якщо для цього йому доведеться зробити часоворот.

СКОРПІЙ

Ми вишлемо спогад... знаєш, як із ситом спогадів... станемо над немовлям і вишлемо звістку, і будемо сподіватися, що він згадає цей спогад у потрібний момент. Тобто це малоймовірно, але... станемо над дитям... і просто крикнемо кілька разів: «НА ПОМІЧ! НА ПОМІЧ! НА ПОМІЧ!»... Правда, це може трохи налякати дитину.

АЛБУС

Лише трохи.

СКОРПІЙ

І цей легенький переляк — ніщо, порівняно з тим, що відбувається... і тоді, можливо, коли він подумає... пізніше... він зможе пригадати наші лиця, коли ми... волали про...

АЛБУС

...допомогу.

СКОРПІЙ *дивиться на* АЛБУСА.

СКОРПІЙ

Ти правий. Це жахлива ідея.

АЛБУС

Одна з найгірших твоїх ідей.

СКОРПІЙ

Є краща! Ми доставляємо звістку самі... чекаємо сорок років...

АЛБУС

Без шансів... коли Дельфі налаштує час так, як їй хочеться, вона відправить цілі армії, щоб нас розшукати... і вбити...

СКОРПІЙ

То, може, нам заховатися в якійсь норі?

АЛБУС

Незважаючи на приємність просидіти з тобою сорок років у норі... вони все одно нас знайдуть. Тоді ми помремо, а час застрягне в хибній позиції. Ні. Нам треба щось таке, над чим ми будемо мати контроль і знатимемо, що він отримає це в потрібний момент. Нам треба...

СКОРПІЙ

Нічого такого немає. Та все одно, якби мені довелося вибирати компаньйона, з яким я мав би зустріти повернення вічної пітьми, я вибрав би тебе.

АЛБУС

Без образ, але я обрав би когось масивнішого і вправнішого в чарах.

ЛІЛІ *виходить з будинку з* НЕМОВЛЯМ ГАРРІ *в дитячому візочку, вона обережно накриває його ковдрочкою.*

Його ковдрочка. Вона загортає дитятко в ковдрочку.

СКОРПІЙ

Бо ж надворі доволі прохолодно.

АЛБУС

Він завжди казав... це єдине, що в нього залишилося від неї. Поглянь, з якою любов'ю вона його сповиває... думаю, він дуже хотів би це знати... якби ж я міг йому про це сказати.

СКОРПІЙ

І я хотів би сказати своєму татові... хоч і сам не знаю що. Можливо, сказав би, що інколи я буваю відважніший, ніж він гадає.

АЛБУС *замислюється.*

АЛБУС

Скорпію... мій тато й досі має цю ковдрочку.

СКОРПІЙ

Це не спрацює. Якщо ми щось на ній напишемо зараз, навіть маленькими літерами, він прочитає це занадто рано. Це буде марна трата часу.

АЛБУС

А що ти знаєш про любовні зілля? Який у них основний інгредієнт?

СКОРПІЙ

Крім усього іншого, перлинний порошок.

АЛБУС

Перлинний порошок — доволі рідкісний складник, так?

СКОРПІЙ

Так. Через свою дороговизну. А до чого тобі це?

АЛБУС

Ми з татом мало не побилися перед тим, як я мав від'їжджати до школи.

СКОРПІЙ

Власне, з цього, по-моєму, усе й почалося, і в результаті ми втрапили в цю халепу.

АЛБУС

Я тоді жбурнув цю ковдрочку, і вона зачепила любовне зілля, яке мені жартома подарував дядько Рон.

СКОРПІЙ

Він прикольний.

АЛБУС

Зілля розлилося по всій ковдрі, і я точно знаю, що з дня мого від'їзду мама не дозволяла татові навіть заходити в мою кімнату.

СКОРПІЙ

І що далі?

АЛБУС

А далі — Гелловін, як у їхньому часі, так і в нашому... а він мені розповідав, що на Гелловін він знаходить цю ковдрочку, щоб потримати її і подумати про маму... адже це єдина річ, яка в нього залишилася від неї...Тож він почне шукати ковдрочку, і коли знайде її...

СКОРПІЙ

Ні. Я й далі нічого не розумію.

АЛБУС

А що вступає в реакцію з перлинним порошком?

СКОРПІЙ

Ну, кажуть, що коли додати до нього настоянку напів-лика... суміш почне горіти.

АЛБУС

А настоянку цього *(він не певний, як правильно вимовляти це слово)* напівлика видно неозброєним оком?

СКОРПІЙ

Ні.

АЛБУС

Отож, якби ми змогли щось написати на ковдрочці настоянкою напівлика, то...

СКОРПІЙ *(збуджено)*

...то воно б не проявилося, аж поки на ковдру не виллється любовне зілля. У твоїй кімнаті. В теперішньому часі... Клянуся Дамблдором, мені це починає подобатись!

АЛБУС

Отже, нам залишається тільки придумати, де знайти цих... напівликів.

СКОРПІЙ

Знаєш, ходять чутки, що Батільда Беґшот вважала, що відьмам і чаклунам немає потреби замикати вхідні двері.

Двері відчиняються.

Чутки підтвердилися. Доведеться викрасти кілька чарівних паличок і зробити настоянку.

ДІЯ ЧЕТВЕРТА ⟩ СЦЕНА 6

ДІМ ГАРРІ І ДЖІНІ ПОТТЕРІВ, АЛБУСОВА КІМНАТА

ГАРРІ *сидить на* АЛБУСОВІМ *ліжку. Заходить* ДЖІНІ.

ДЖІНІ

Не сподівалася тебе тут знайти.

ГАРРІ

Не хвилюйся, я тут нічого не рухав. Твоя святиня надійно законсервована. *(Він морщиться.)* Вибач. Ляпнув дурницю.

ДЖІНІ *мовчить.* ГАРРІ *дивиться на неї.*

Знаєш, у мене бували жахливі Гелловіни... але цей, безсумнівно... один з най-найгірших.

ДЖІНІ

Я була несправедлива... коли звинувачувала тебе... я завжди нарікаю, що ти квапишся з висновками, та я сама... Албус пропав, і я відразу припустила, що це ти винний. Вибач мені за це.

ГАРРІ

А хіба не я в цьому винний?

ДЖІНІ

Гаррі, його викрала могутня темна відьма — ну як ти можеш бути в цьому винний?

ГАРРІ

Я відштовхнув його від себе. І загнав його прямо їй у руки.

ДЖІНІ

Може, не варто говорити так, ніби ми вже програли битву?

ДЖІНІ киває. ГАРРІ починає плакати.

ГАРРІ

Вибач мене, Джіні...

ДЖІНІ

Ти що, не чуєш мене? Я ж теж прошу вибачення.

ГАРРІ

Я не повинен був вижити... мені судилося померти... навіть Дамблдор так думав... але я лишився живий. І здолав Волдеморта. Усі ці люди... всі вони... мої батьки, Фред, півсотні полеглих... і тільки я удостоївся права жити? Чому це так? Усі ці втрати... вони на моїй совісті.

ДЖІНІ

Їх убив Волдеморт.

ГАРРІ

А якби я зупинив його раніше?.. Уся ця кров на моїх руках. А тепер і мого сина немає...

ДЖІНІ

Він не помер. Ти мене чуєш, Гаррі? Він не помер.

Вона пригортає його до себе. Тривала пауза, сповнена невимовної скорботи.

ГАРРІ

Хлопчик, що вижив. Скільки людей мають померти заради Хлопчика, що вижив?

ГАРРІ якусь мить стоїть, похитуючись, не знаючи, що йому робити. Він помічає ковдрочку. Йде до неї.

Ця ковдрочка — все, що в мене лишилося... від того Гелловіну. Все, що лишилося на згадку про них. І доки...

Бере в руки ковдрочку. Бачить на ній діри. Збентежено дивиться на них.

Тут якісь діри. Те ідіотське Ронове любовне зілля її пропалило, наскрізь. Поглянь. Вона просто знищена. Знищена.

Розгортає ковдрочку. Бачить на ній пропалений напис. Він спантеличений.

Що?

ДЖІНІ

Гаррі, тут... щось... написано...

З іншого боку сцени з'являються **АЛБУС** *і* **СКОРПІЙ**.

АЛБУС

«Тату...»

СКОРПІЙ

Ми починаємо з «Тату»?

АЛБУС

Щоб він знав, що це від мене.

СКОРПІЙ

Його звати Гаррі. Краще почати з «Гаррі».

АЛБУС *(рішуче)*

Починаємо з «Тату».

ГАРРІ

«Тату», тут написано «Тату»? Не зовсім розбірливо...

СКОРПІЙ

«Тату, ДОПОМОЖИ».

ДЖІНІ

«Додому»? Тут написано «додому»? А далі... «година»...

ГАРРІ

«Тату додому. Година додому»? Ні. Це якийсь... дивний жарт.

АЛБУС

«Тату, допоможи. Ґодрикова Долина».

ДЖІНІ

Дай мені. Я маю кращий зір. Так. «Тату, додому година»... але тут удруге не «додому»... це «домовина» чи «долина»? І ще якісь цифри... їх краще видно... 3... 1... 1... 0...8...1». Може, це якийсь маґлівський телефонний номер? Або якась система координат, або...

У голові ГАРРІ *одночасно пролітають декілька різних думок.*

ГАРРІ

Ні. Це дата. 31 жовтня 1981 року. День, коли було вбито моїх батьків.

ДЖІНІ *дивиться на* ГАРРІ, *а потім знову на ковдру.*

ДЖІНІ

Тут написано не «додому», а «допоможи».

ГАРРІ

«Тату, допоможи. Ґодрикова Долина. 31.10.81». Це — звістка. Мій розумник залишив мені звістку.

ГАРРІ *міцно цілує* ДЖІНІ.

ДЖІНІ

Це написав Албус?

ГАРРІ

І він повідомив мені, де й коли вони опинилися, тож тепер ми знаємо, де й вона, і знаємо, де ми зіткнемося з нею у битві.

Він знову міцно її цілує.

ДЖІНІ

Ми їх ще не повернули.

ГАРРІ

Я вишлю сову Герміоні. А ти сповісти Драко. Скажи, щоб вони зустріли нас у Ґодриковій Долині разом з часоворотом.

ДЖІНІ

Саме «нас», о'кей? Навіть не мрій помандрувати в минуле без мене, Гаррі.

ГАРРІ

Звичайно, що з тобою. Ми маємо шанс, Джіні, і присягаюся Дамблдором... це все, що нам потрібно... мати шанс.

ДІЯ ЧЕТВЕРТА ⟩ СЦЕНА 7

ҐОДРИКОВА ДОЛИНА

РОН, ГЕРМІОНА, ДРАКО, ГАРРІ *і* ДЖІНІ *йдуть сучасною Ґодриковою Долиною. Це жваве торгівельне містечко (яке за ці роки помітно розрослося).*

ГЕРМІОНА

Ґодрикова Долина. Минуло вже, мабуть, років з двадцять...

ДЖІНІ

Це мені так здається, чи тут справді стало більше маґлів?

ГЕРМІОНА

Тепер це доволі популярне місце, особливо на вихідні.

ДРАКО

Я розумію, чому... погляньте на ці солом'яні дахи. А то сільський ринок?

ГЕРМІОНА *підходить до* **ГАРРІ,** *який зворушено роздивляється довкола.*

ГЕРМІОНА

Пам'ятаєш, коли ми тут були востаннє? Я ніби повернулася в старі часи.

РОН

Старі часи з кількома небажаними «хвостиками на маківці» на додаток.

ДРАКО *розуміє, кого стосується ця шпилька.*

ДРАКО

Чи можу я лише сказати...

РОН

Мелфою, хай ти тепер на короткій нозі з Гаррі, і хай ти привів на світ непогану дитину, але я не забув твоїх дуже бридких слів, які ти казав моїй дружині і про мою дружину...

ГЕРМІОНА

Але твоя дружина не потребує, щоб ти вступався за неї там, де вона й сама дасть собі раду.

ГЕРМІОНА спопеляє РОНА лютим поглядом. РОН приймає на себе цей удар.

РОН

Добре. Але якщо ти скажеш хоч щось про неї чи про мене...

ДРАКО

То що ти тоді зробиш, Візлі?

ГЕРМІОНА

Він тебе обійме. Бо ми зараз в одній команді, правда, Роне?

РОН *(вагається, уникаючи її пильного погляду)*

Добре. Мені, е-е, починає здаватися, що в тебе, Драко, доволі нічогенький хвостик на маківці.

ГЕРМІОНА

Дякую тобі, чоловіче. Здається, ми вже на місці. Що ж, починаймо...

ДРАКО виймає часоворот... той починає нестямно крутитися, поки всі стають довкола нього.
Аж ось потужний спалах світла. Розкотистий гуркіт.
І час зупиняється. Після недовгого розмірковування, він починає розмотуватися в зворотному напрямку, спочатку неквапливо...
А тоді дедалі швидше...
Вони роззираються.

РОН

І що? Спрацювало?

ДІЯ ЧЕТВЕРТА ⟡ СЦЕНА 8

ҐОДРИКОВА ДОЛИНА, САРАЙ, 1981 РІК

АЛБУС *захоплено спостерігає за з'явою* ДЖІНІ *й* ГАРРІ *і решти щасливої ватаги* (РОНА, ДРАКО *й* ГЕРМІОНИ).

АЛБУС

МАМО?

ГАРРІ

Албусе Северусе Поттере. Як же нам приємно тебе бачити.

АЛБУС *біжить і кидається в обійми* ДЖІНІ. ДЖІНІ *втішено пригортає його до себе.*

АЛБУС

Ви отримали нашу звістку?..

ДЖІНІ

Так, отримали.

СКОРПІЙ *підступає до свого тата.*

ДРАКО

Можемо теж обійнятися, якщо хочеш...

СКОРПІЙ *дивиться на тата, якусь мить вагаючись. А за мить вони доволі незграбно напівпригортають одне одного.* ДРАКО *усміхається.*

РОН

Так-так, ну й де вона, та Дельфі?

СКОРПІЙ

Ви знаєте про Дельфі?

АЛБУС

Вона тут... ми думаємо, що вона прагне вбити тебе. Перед тим, як Волдеморт вразить себе закляттям. Вона збирається тебе вбити, щоб запобігти пророцтву, а тоді...

ГЕРМІОНА

Так, ми припускали, що таке може статися. Ви знаєте, де вона зараз?

СКОРПІЙ

Вона зникла. А як ви... як ви без часоворота?..

ГАРРІ (*уриває його на півслові*)

Це довга й складна історія, Скорпію. Зараз на це немає часу.

ДРАКО *вдячно усміхається* ГАРРІ.

ГЕРМІОНА

Гаррі має рацію. Час тут дуже важливий. Мусимо визначити кожному його місце. Ґодрикова Долина не надто велика, але **ДЕЛЬФІ** може з'явитися звідусіль. Тому нам потрібне місце, з якого ми бачитимемо все село... де можемо влаштувати зручні пункти спостереження... і де — найважливіше — будемо надійно схвані, щоб нас не побачили, бо це великий ризик.

Усі замислюються, насупивши чола.

Я припускаю, що церква святого Ієроніма відповідає усім цим вимогам, як ви гадаєте?

ДІЯ ЧЕТВЕРТА СЦЕНА 9

ҐОДРИКОВА ДОЛИНА, ЦЕРКВА, БІЛЯ ВІВТАРЯ, 1981 РІК

АЛБУС *спить на лавці.* ДЖІНІ *його пильнує.* ГАРРІ *зазирає у вікно навпроти.*

ГАРРІ

Ні. Нічого. Чому її досі немає?

ДЖІНІ

Ми всі разом, твої батьки живі, ми можемо повернути час, Гаррі, можемо його пришвидшити. Вона прийде, коли буде готова, а ми завжди будемо готові її зустріти.

Дивиться на сплячого АЛБУСА.

Принаймні, дехто з нас.

ГАРРІ

Бідолашне дитя думало, що мусить рятувати світ.

ДЖІНІ

Бідолашне дитя врятувало світ. Задум з ковдрочкою був геніальний. Тобто він теж мало не зруйнував світ, але на цьому, мабуть, краще не загострювати увагу.

ГАРРІ

Думаєш, з ним усе гаразд?

ДЖІНІ

Усе буде добре, просто йому це забере ще трохи часу... і тобі теж.

301

ГАРРІ усміхається. ДЖІНІ *знову дивиться на* АЛБУСА. *Він теж.*

Знаєш, після того, як я відкрила Таємну кімнату... після того, як Волдеморт зачаклував мене тим жахливим щоденником, і я могла все зруйнувати...

ГАРРІ

Я пам'ятаю.

ДЖІНІ

Коли мене виписали з лікарні... мене всі уникали, не хотіли мати зі мною нічого спільного... за винятком одного хлопця, що мав усе... він перетнув ґрифіндорську вітальню і запропонував мені зіграти партію у вибухові карти. Люди думають, що знають про тебе геть усе, але найкращі твої риси є... і завжди були... непомітними для всіх, але, попри те, не менш героїчними. Я веду до того, що... коли це все скінчиться, не забувай, якщо зможеш... що людям... а особливо дітям... іноді просто потрібно, щоб хтось зіграв з ними у вибухові карти.

ГАРРІ

Думаєш, що нам бракувало саме... вибухових карт?

ДЖІНІ

Ні. Але любов, яку я відчула від тебе того дня... я не певна, що Албус її відчуває.

ГАРРІ

Я зроблю все заради нього.

ДЖІНІ

Гаррі, ти зробиш усе заради будь-кого. Ти був готовий пожертвувати собою заради світу. А йому потрібно відчути особливу любов. Це зробить його сильнішим, і тебе теж.

ГАРРІ

Знаєш, тільки коли ми подумали, що Албус більше не повернеться, я по-справжньому збагнув, що зуміла зробити для мене моя мама. Це було настільки потужне контрзакляття, що воно змогло нейтралізувати смертельні чари.

ДЖІНІ

Єдині чари, яких не міг збагнути Волдеморт, — любов.

ГАРРІ

Я справді люблю його по-особливому, Джіні.

ДЖІНІ

Я знаю, але йому потрібно це відчути.

ГАРРІ

Мені пощастило, що в мене є ти, правда?

ДЖІНІ

Неймовірно. Та я була б рада обговорити це іншим разом. А зараз треба зосередитися на тому, як нам зупинити Дельфі.

ГАРРІ

Нам може забракнути часу.

ДЖІНІ щось замислила.

ДЖІНІ

Хіба що... Гаррі, а хтось подумав... чому вона вибрала цей день? Сьогодні?

ГАРРІ

Бо саме цього дня усе змінилося...

ДЖІНІ

Якщо не помиляюся, тепер тобі трохи більше року?

ГАРРІ

Рік і три місяці.

ДЖІНІ

Отже, вона могла тебе вбити будь-коли протягом цього року і трьох місяців. Вона й тепер уже майже добу у Ґодриковій Долині. Чого вона чекає?

ГАРРІ

Я й досі не зовсім розумію хід твоїх думок...

ДЖІНІ

А що, як вона чекає не тебе... а його... щоб зупинити його?

ГАРРІ

Що?

ДЖІНІ

Дельфі обрала цей день, бо він буде тут... тут буде її батько. Вона хоче зустріти його. Бути з ним, з батьком, якого вона любить. Волдемортові біди почалися, коли він напав на тебе. Якби він цього не зробив...

ГАРРІ

...то став би ще могутнішим... а пітьма стала б ще чорнішою.

ДЖІНІ

Найкращий спосіб запобігти здійсненню пророцтва — не вбивати Гаррі Поттера, а перешкодити Волдемортові це зробити.

ДІЯ ЧЕТВЕРТА ✦ СЦЕНА 10

ҐОДРИКОВА ДОЛИНА, ЦЕРКВА, 1981 РІК

Усі збентежено сходяться докупи.

РОН

Дозвольте мені чітко все з'ясувати... отже, ми маємо вступити в бій, захищаючи Волдеморта?

АЛБУС

Волдеморта, який убив моїх бабусю й дідуся? І намагався вбити тата?

ГЕРМІОНА

Ти добре кажеш, Джіні. Дельфі не збирається вбивати Гаррі... вона хоче перешкодити Волдемортовій спробі вбити Гаррі. Геніально.

ДРАКО

То що... ми просто тут чекаємо? Поки з'явиться Волдеморт?

АЛБУС

А їй відомо, коли він має з'явитися? Чи не тому вона прибула сюди на цілу добу раніше, що не знала, коли і звідки він тут з'явиться? У підручниках з історії... виправ мене, Скорпію, якщо я помиляюся... нічого не сказано про те, коли і як він опинився у Ґодриковій Долині?

СКОРПІЙ і ГЕРМІОНА

Ти не помиляєшся.

РОН

Оце так! В один голос!

ДРАКО

А як ми можемо з цього скористатися?

АЛБУС

Знаєте, що я можу робити справді добре?

ГАРРІ

Багато чого, Албусе.

АЛБУС

Багатозільні настійки. І мені здається, що в підвалі Батільди Беґшот є всі необхідні складники. Ми можемо з допомогою багатозільки перетворитися на Волдеморта і виманити її до нас.

РОН

Щоб перетворитися на когось, треба додати до настійки якусь частинку тієї особи. А в нас немає частинки Волдеморта.

ГЕРМІОНА

Але сама ідея мені подобається — спокусити кицьку штучною мишкою.

ГАРРІ

А що, як спробувати трансфігурацію?

ГЕРМІОНА

Ми знаємо, який він на вигляд. А серед нас є визначні чаклуни й чарівниці.

ДЖІНІ

Ви хочете трансфігуруватися у Волдеморта?

АЛБУС

Це єдиний варіант.

ГЕРМІОНА

Видається, що так.

РОН відважно ступає на крок уперед.

РОН

В такому разі… гадаю, що ним маю стати я. Тобто це не означає, що… бути Волдемортом надто приємно… але мусите визнати… і це не якесь там вихваляння… що я, мабуть, найбільш розкутий і безжурний серед нас усіх… тому трансфігурація в нього… в Темного Лорда… заподіє мені найменше шкоди, ніж… будь-кому з вас… занадто вразливих.

ГАРРІ відходить убік, заглибившись у роздуми.

ГЕРМІОНА

Кого це ти називаєш занадто вразливими?

ДРАКО

Я теж хочу зголоситися. Мені здається, що перетворення на Волдеморта вимагає акуратності… без образ, Роне… знання Темної магії і…

ГЕРМІОНА

І я теж хотіла б зголоситися. Гадаю, що маю на це право і несу відповідальність як міністр магії.

СКОРПІЙ

Може, нам треба кинути жереб…

ДРАКО

Ти не береш у цьому участі, Скорпію.

АЛБУС

Взагалі-то…

ДЖІНІ

Ні, навіть не думай. Мені здається, що ви всі збожеволіли. Я знаю, що це таке, коли цей голос відлунює всередині твоєї голови. Я б не хотіла це знову почути…

ГАРРІ

У будь-якому разі… це буду я.

Усі повертаються до ГАРРІ.

ДРАКО

Що?

ГАРРІ

Щоб цей план спрацював, вона мусить без вагань повірити, що це саме він. Вона використає парселмову... а я знав, що невипадково й досі її не забув. Але найголовніше, що я... я знаю, що таке почуватися ним. Я знаю, що таке бути ним. Отож це маю бути тільки я.

РОН

Дурниці. Прекрасно подані дурниці. Ти в жодному разі не повинен...

ГЕРМІОНА

Боюся, що ти маєш рацію, старий мій друже.

РОН

Герміоно, ти помиляєшся. Волдемортом не можна бути... Гаррі не повинен...

ДЖІНІ

Не люблю погоджуватися з моїм братом, але...

РОН

Він може застрягнути... в подобі Волдеморта... назавжди.

ГЕРМІОНА

Як і кожен з нас. Твої занепокоєння слушні, але...

ГАРРІ

Герміоно, зачекай. Джіні.

ДЖІНІ *й* **ГАРРІ** *дивляться одне на одного.*

Я цього не зроблю, якщо ти будеш проти. Але мені здається, що це єдиний варіант. Чи я помиляюсь?

ДЖІНІ *задумується на мить, і легенько киває. Обличчя* **ГАРРІ** *кам'яніє.*

ДЖІНІ

Ти маєш рацію.

ГАРРІ

То так і зробимо.

ДРАКО

А нам не треба обговорити твій маршрут... або...

ГАРРІ

Вона вистежує його. Тому прийде до мене сама.

ДРАКО

І що тоді? Коли вона вже буде з тобою? Мушу тобі нагадати, що це дуже потужна відьма.

РОН

Це просто. Він приведе її сюди, і ми її прикандичимо всі разом.

ДРАКО

«Прикандичимо»?

  ГЕРМІОНА *роззирається.*

ГЕРМІОНА

Ми сховаємося за цими дверима. Якщо ти зможеш вивести її сюди *(показує на те місце на підлозі, куди падає світло з круглого церковного вікна)*, ми вискочимо зі схованки і зробимо все, щоб вона не втекла.

РОН *(зиркнувши на* **ДРАКО***)*

А тоді ми її прикандичимо.

ГЕРМІОНА

Гаррі, запитую востаннє, ти впевнений, що зможеш це зробити?

ГАРРІ

Так, я це зроблю.

ДРАКО

Ні, в нас багато невиясненого... надто багато речей можуть нам завадити... трансфігурація може виявитись нетривалою або вона її викриє... якщо вона втече від нас зараз, то

ГАРРІ ПОТТЕР І ПРОКЛЯТЕ ДИТЯ

може наробити незчисленного лиха... нам потрібен час, щоб усе належно розпланувати...

АЛБУС
Драко, повірте татові. Він нас не підведе.

ГЕРМІОНА
Чарівні палички.

Усі виймають чарівні палички. ГАРРІ міцно стискає свою.
Спалахує сяйво, що поступово заповнює увесь простір.
Трансфігурація повільна і потворна.
Постать ГАРРІ перетворюється на ВОЛДЕМОРТОВУ. І це
моторошно. Він повертається. Дивиться на своїх друзів
і рідних. А вони приголомшено дивляться на нього.

РОН
Здуріти можна.

ГАРРІ/ВОЛДЕМОРТ
То що, спрацювало?

ДЖІНІ *(похмуро)*
Так. Спрацювало.

ДІЯ ЧЕТВЕРТА СЦЕНА 11

ҐОДРИКОВА ДОЛИНА, ЦЕРКВА, 1981 РІК

РОН, ГЕРМІОНА, ДРАКО, СКОРПІЙ *і* АЛБУС *стоять біля вікна, заглядаючи в нього.* ДЖІНІ *не може на це дивитися. Вона сидить позаду.*

АЛБУС, *бачачи, що мама сидить осторонь, підходить до неї.*

АЛБУС

Усе буде добре, мамо, ти ж знаєш?

ДЖІНІ

Знаю. Принаймні, сподіваюся на це. Я просто... не можу його такого бачити. Людину, яку люблю, в подобі людини, яку ненавиджу.

АЛБУС *сідає біля мами.*

АЛБУС

Мені вона подобалася, мамо. Знаєш? Мені вона справді подобалася. Дельфі. А вона виявилася... донькою Волдеморта.

ДЖІНІ

Це їм дуже добре вдається, Албусе... обплітати своїм павутинням невинних.

АЛБУС

Це все моя вина.

ДЖІНІ *пригортає* АЛБУСА *до себе.*

ДЖІНІ

Кумедно. Бо твій татусь вважає, що це він у всьому винний. Ви дивна парочка.

СКОРПІЙ

Це вона. Це вона! Вона його побачила!

ГЕРМІОНА

Займайте свої позиції. Всі. І пам'ятайте, ніхто не виходить, доки він не виведе її на освітлене місце. Маємо єдиний шанс, і головне його не змарнувати.

Усі швидко займають позиції.

ДРАКО

Герміона Ґрейнджер. Мною керує Герміона Ґрейнджер. *(Вона повертається до нього, він усміхається.)* І мені це навіть починає подобатись.

СКОРПІЙ

Тату...

Усі розсіюються. Ховаються за двома великими дверима. **ГАРРІ/ВОЛДЕМОРТ** *знову заходить до церкви. Ступає кілька кроків і обертається.*

ГАРРІ/ВОЛДЕМОРТ

Той чаклун чи відьма, що скрадається за мною, дуже про це пошкодує, можу запевнити.

За його спиною виникає **ДЕЛЬФІ**. *Її тягне до нього. Це її батько, і вона чекала цієї миті все своє життя.*

ДЕЛЬФІ

Лорде Волдеморте. Це я. Це я йду за вами.

ГАРРІ/ВОЛДЕМОРТ

Я тебе не знаю. Облиш мене.

Вона важко дихає.

ДЕЛЬФІ

Я ваша дочка.

ГАРРІ/ВОЛДЕМОРТ

Я знав би про тебе, якби ти була моєю дочкою.

ДЕЛЬФІ *благально дивиться на нього.*

ДЕЛЬФІ

Я з майбутнього. Дитя Белатриси Лестранж і ваше. Я народилася в маєтку Мелфоїв перед битвою за Гоґвортс. Битвою, яку вам судилося програти. Я прийшла врятувати вас.

ГАРРІ/ВОЛДЕМОРТ *повертається. Вона дивиться йому в очі.*

Це Родольфус Лестранж, вірний чоловік Белатриси, сказав мені, повернувшись з Азкабану, хто я така, і розкрив пророцтво, яке мені, як він гадав, судилося здійснити. Я ваша дочка, пане.

ГАРРІ/ВОЛДЕМОРТ

Я знаю Белатрису і бачу в твоєму обличчі деякі подібні риси... хоч ти й не успадкувала від неї все найкраще. Але без доказів...

ДЕЛЬФІ *починає зосереджено говорити парселмовою.*
ГАРРІ/ВОЛДЕМОРТ *зловісно регоче.*

І це твій доказ?

ДЕЛЬФІ *без особливих зусиль здіймається в повітря.*
ГАРРІ/ВОЛДЕМОРТ *вражено відступає на крок.*

ДЕЛЬФІ

Я — Авгурія Темного Лорда, і для вас я готова віддати усе, що маю.

ГАРРІ/ВОЛДЕМОРТ *(приховуючи своє здивування)*
Ти навчилася літати... в... мене?

ДЕЛЬФІ

Я намагалася йти прокладеною вами стежкою.

ГАРРІ/ВОЛДЕМОРТ

Я ще ніколи не зустрічав відьму або чаклуна, які намагалися б дорівнятися до мене.

ДЕЛЬФІ

Не зрозумійте мене хибно — я не претендую бути вам рівнею, Лорде. Та я присвятила все своє життя, щоб стати дитям, яким би ви могли пишатися.

ГАРРІ/ВОЛДЕМОРТ *(перебиваючи її)*

Я бачу, хто ти є, і бачу, ким ти можеш стати. Дочко.

Вона зворушено дивиться на нього.

ДЕЛЬФІ

Батьку?

ГАРРІ/ВОЛДЕМОРТ

Удвох ми будемо нездоланні.

ДЕЛЬФІ

Батьку...

ГАРРІ/ВОЛДЕМОРТ

Вийди сюди, на світло, щоб я міг роздивитися свій кревний плід.

ДЕЛЬФІ

Ваша місія — помилка. Напад на Гаррі Поттера — це помилка. Він вас знищить.

Рука ГАРРІ/ВОЛДЕМОРТА перетворюється на руку ГАРРІ. Він спантеличено на неї дивиться, і втягує її в рукав.

ГАРРІ/ВОЛДЕМОРТ

Він ще дитина.

ДЕЛЬФІ

Він захищений материнською любов'ю, ваше закляття зрикошетить на вас, зруйнує вас і зробить вас занадто слабким, а його — занадто могутнім. Ви відновите свою силу, готуючись протягом сімнадцяти років до битви з ним... і ви програєте цю битву.

На голові ГАРРІ/ВОЛДЕМОРТА *починає рости волосся, він це відчуває і намагається його приховати. Натягає на голову каптур.*

ГАРРІ/ВОЛДЕМОРТ
Тоді я не нападатиму на нього. Ти маєш рацію.

ДЕЛЬФІ
Батьку?

ГАРРІ/ВОЛДЕМОРТ *зменшується в розмірах... він тепер більше подібний на* ГАРРІ, *ніж на* ВОЛДЕМОРТА. *Він повертається до* ДЕЛЬФІ *спиною.*

Батьку?

ГАРРІ *(відчайдушно намагаючись звучати, як* ВОЛДЕМОРТ*)*
Твій задум добрий. Битва скасовується. Ти чудово мені прислужилася, а тепер вийди на світло, щоб я міг тебе розгледіти.

ДЕЛЬФІ *бачить, що двері легенько відчинилися і знову зачинилися. Вона хмурить чоло, швидко розмірковує, а її підозри зростають.*

ДЕЛЬФІ
Батьку...

Вона намагається знов побачити його обличчя, риси якого стрімко міняються.

Ти не Лорд Волдеморт.

ДЕЛЬФІ *випускає з руки блискавку.* ГАРРІ *відповідає такою ж блискавкою.*

Інсендіо!

ГАРРІ
Інсендіо!

Блискавки зіштовхуються одна з одною посеред приміщення, творячи ефектний вибух.

Другою рукою ДЕЛЬФІ *метає блискавками в обоє дверей, що їх намагаються відчинити змовники.*

ДЕЛЬФІ

Поттере. Колопортус!

ГАРРІ *стривожено дивиться на двері.*

Що? Чекав, коли до тебе приєднаються друзі, так?

ГЕРМІОНА *(здалека)*

Гаррі... Гаррі...

ДЖІНІ *(здалека)*

Вона запечатала двері з твого боку.

ГАРРІ

Гаразд. Я впораюся з нею сам.

Робить спробу атакувати її знову. Але вона набагато потужніша. Його чарівна паличка опиняється в неї. Він обеззброєний. Безпомічний.

Як ти?.. Хто ти?

ДЕЛЬФІ

Я довго за тобою спостерігала, Гаррі Поттере. Я вивчила тебе краще за свого батька.

ГАРРІ

Думаєш, ти знаєш мої слабкі місця?

ДЕЛЬФІ

Я намагалася стати гідною донькою! Хоч він і залишається найвидатнішим чаклуном усіх часів, та він може пишатися мною! Експульсо!

ГАРРІ *перекочується по підлозі, що вибухає в нього за спиною. Він заповзає під церковну лавку, відчайдушно намагаючись знайти спосіб боротися з нею.*

Ти відповзаєш від мене? Гаррі Поттер. Герой чаклунського світу. Плазує, як щур. Вінґардіум Левіоза!

Церковна лава підіймається в повітря.

Питання лише в тому, чи варто мені марнувати свій час на твоє знищення, бо після того, як я зупиню батька, твоя смерть буде гарантована. Яке ж рішення прийняти? Ох, яка нудота, краще я сама тебе вб'ю.

Вона щосили жбурляє лавку згори на Гаррі. Лавка розлітається на друзки, але він в останню мить встигає відкотитися вбік.
Крізь решітку в підлозі пролазить ніким не помічений **АЛБУС**.

Авада...

АЛБУС
Тату...

ГАРРІ
Албусе! Ні!

ДЕЛЬФІ
Вас двоє? І знову треба вибирати. Гадаю, спочатку я вб'ю хлопця. Авада Кедавра!

Вона шугає в **АЛБУСА** *смертельним закляттям... але* **ГАРРІ** *встигає відштовхнути сина. Закляття вдаряє у землю.* **ГАРРІ** *стріляє у відповідь блискавкою.*

Думаєш, ти сильніший за мене?

ГАРРІ
Ні. Сам — ні.

Вони безжально атакують одне одного блискавками. **АЛБУС** *стрімко відкочується вбік і спрямовує закляття спочатку в одні двері, а потім у другі.*

Ми удвох.

АЛБУС *відчиняє двері чарівною паличкою.*

АЛБУС
Алогомора! Алогомора!

ГАРРІ

Я ніколи, як бачиш, не бився сам. І ніколи не буду.

ГЕРМІОНА, РОН, ДЖІНІ і **ДРАКО** *вибігають з-за дверей і вистрілюють закляттями в* **ДЕЛЬФІ**, *яка розпачливо верещить. Вона напружує усі свої сили. Але не здатна протистояти їм усім.*
Лунає серія пострілів... і знеможена **ДЕЛЬФІ** *валиться на підлогу.*

ДЕЛЬФІ

Ні... Ні...

ГЕРМІОНА

Брахабіндо!

ДЕЛЬФІ *тепер зв'язана.*
До неї підступає **ГАРРІ**. *Не спускає з неї очей. Усі решта стоять позаду.*

ГАРРІ

Албусе, з тобою все добре?

АЛБУС

Так, тату, все добре.

ГАРРІ *усе ще не відводить очей від* **ДЕЛЬФІ**. *Він і досі побоюється її.*

ГАРРІ

Джіні, він не поранений? Я мушу знати, що він у безпеці...

ДЖІНІ

Він сам наполіг на цьому. Він єдиний з нас міг пролізти крізь решітку. Я намагалася його зупинити.

ГАРРІ

Тільки скажи мені, що з ним усе гаразд.

АЛБУС

Я в нормі, тату. Клянуся.

ГАРРІ *підступає до* **ДЕЛЬФІ**.

ГАРРІ

Багато хто намагався вбити мене... але щоб мого сина!!! Як ти посміла напасти на мого сина?!

ДЕЛЬФІ

Я лише хотіла знати свого батька.

Її слова несподівані для ГАРРІ.

ГАРРІ

Не можна переписати власне життя. Ти назавжди залишишся сиротою. І ніколи не позбудешся цього.

ДЕЛЬФІ

Дозволь мені тільки... побачити його.

ГАРРІ

Не можу і не хочу.

ДЕЛЬФІ *(майже жалісливо)*

Тоді убий мене.

ГАРРІ *на мить задумується.*

ГАРРІ

І цього я не можу зробити...

АЛБУС

Що? Тату?! Вона ж небезпечна!

ГАРРІ

Ні, Албусе...

АЛБУС

Але ж вона вбивця... я бачив, як вона вбивала...

ГАРРІ *дивиться на сина, а потім на* ДЖІНІ.

ГАРРІ

Так, Албусе, вона вбивця, але не ми.

ГЕРМІОНА

Мусимо бути кращими за них.

РОН
Ага, це прикро, але так уже нас виховали.

ДЕЛЬФІ
Позбавте мене розуму. Позбавте пам'яті. Щоб я забула, хто я така.

РОН
Ні. Ми повернемо тебе в наш час.

ГЕРМІОНА
І ти опинишся в Азкабані. Як і твоя мати.

ДРАКО
Де й зогниєш.

> **ГАРРІ** *чує якийсь звук. Якесь сичання.*
> *І це сичання стає смертоносним... таким, якого ніхто*
> *ще з нас не чув раніше.*

Гаааррі Пооооотттер...

СКОРПІЙ
Що це?

ГАРРІ
Ні. Ні. Не тепер.

АЛБУС
Що?

РОН
Волдеморт.

ДЕЛЬФІ
Батьку?

ГЕРМІОНА
Зараз? Тут?

ДЕЛЬФІ
Батьку!

ДРАКО

Сіленціо! *(ДЕЛЬФІ замовкає з кляпом у роті).* Вінґардіум Левіоза! *(Вона підноситься вгору й зникає.)*

ГАРРІ

Він наближається. Просто зараз.

ВОЛДЕМОРТ з'являється з глибини сцени, перетинає її і спускається в глядацький зал. Він несе з собою смерть. І всі це знають.

ДІЯ ЧЕТВЕРТА ⌇ СЦЕНА 12

ҐОДРИКОВА ДОЛИНА, 1981 РІК

ГАРРІ *безпомічно дивиться вслід* ВОЛДЕМОРТУ.

ГАРРІ
Волдеморт зараз уб'є моїх маму й тата, і я нічим не можу його зупинити.

ДРАКО
Неправда.

СКОРПІЙ
Тату, зараз не час...

АЛБУС
Ти можеш це зробити... можеш його зупинити. Але ти цього не зробиш.

ДРАКО
Героїчний вчинок.

ДЖІНІ *бере* ГАРРІ *за руку.*

ДЖІНІ
Тобі не треба цього бачити, Гаррі. Вертаймося додому.

ГАРРІ
Я ж дозволяю, щоб це сталося... я мушу це бачити.

ГЕРМІОНА
Тоді ми теж будемо при цьому.

РОН

Ми всі побачимо.

Лунають незнайомі голоси.

ДЖЕЙМС *(здалека)*

Лілі, хапай Гаррі й тікай! Це він! Тікай! Тікай! Я його затримаю...

Чути вибух, а опісля — регіт.

Забирайся звідси, зрозумів!.. Забирайся геть.

ВОЛДЕМОРТ *(здалека)*

Авада Кедавра!

ГАРРІ здригається, коли глядацьким залом шугає зелене світло.
АЛБУС бере його за руку. ГАРРІ міцно її стискає. Це йому дуже потрібно.

АЛБУС

Він зробив усе, що міг.

ДЖІНІ підходить до ГАРРІ і бере його за другу руку. Він спирається на них, а вони його підтримують.

ГАРРІ

Там моя мама, біля вікна. Я бачу свою матусю, яка вона прекрасна...

Лунає вибух, і двері злітають з завісів.

ЛІЛІ *(здалека)*

Не Гаррі, не Гаррі, тільки не Гаррі...

ВОЛДЕМОРТ *(здалека)*

Відійди, дурне дівчисько... відійди негайно...

ЛІЛІ *(здалека)*

Не Гаррі, прошу, тільки не Гаррі, убий замість нього мене!..

ВОЛДЕМОРТ *(здалека)*

Це моє останнє попередження...

ЛІЛІ *(здалека)*
Не Гаррі! Благаю... змилуйся... помилуй його... не чіпай мого сина! Благаю... я зроблю все, що треба.

ВОЛДЕМОРТ *(здалека)*
Авада Кедавра!

І наче блискавка пронизує тіло ГАРРІ. *Він падає на підлогу, закляклий від скорботи.*

І невимовний вереск заповнює все довкола, а тоді вщухає.

І ми просто дивимося на все.

І поволі те, що тут було, зникає.

І сцена трансформується, обертається.

І ГАРРІ *з родиною і друзями теж віддаляються і зникають.*

ДІЯ ЧЕТВЕРТА 〰 СЦЕНА 13

ҐОДРИКОВА ДОЛИНА, ВСЕРЕДИНІ БУДИНКУ ДЖЕЙМСА І ЛІЛІ ПОТТЕРІВ, 1981 РІК

Ми серед руїн будинку, на який було вчинено напад. Поміж руїн шкандибає ГЕҐРІД.

ГЕҐРІД
Джеймсе?

Роззирається довкола.

Лілі?

Він бреде повільно, наче не бажаючи занадто швидко побачити занадто багато. Він абсолютно приголомшений.
І враз він бачить їх, зупиняється й мовчить.

Йой. Йой. Це не... це не... я не був... мені казали, але... я си сподівав на ліпше...

Дивиться на них і схиляє голову. Бурмоче якісь слова, а потім витягає з глибочезних кишень прим'яті квіти і кладе їх на підлогу.

Який жєль, мені казали, він мені казав, Дамблдор, шо я тут не можу си бути. Зараз сюди примчат маґли зі своїми миґалками, і вони си не вподобают тут такого великого бурмила, як я.

Тужно схлипує.

Але ж як тєжко вас тут лишати. Хочу абисьте знали...
шо вас не забудут... ні я... ні всі наші.

Він чує якийсь звук... якесь дитяче сопіння. ГЕҐРІД *обертається на звук і обережно йде туди.*
Опускає очі й бачить дитяче ліжечко, яке немовби випромінює світло.

Йой. Вітаю. Се, мабуть, Гаррі. Вітаю Гаррі Поттера. А я
Рубеус Геґрід. І я буду твоїм другом, подобаєся це тобі чи
ні. Бо тобі йой як тєжко, хоч ти того ше й не відаєш. І тобі
будуть потрібні друзі. Але тепер буде найліпше, якщо ти
підеш зо мною, як гадаєш?

Кімнату заповнюють мерехтливі сині вогники, надаючи їй якогось ефемерного сяйва, а ГЕҐРІД *тим часом обережно бере* ГАРРІ *на руки.*
І, не озираючись, виходить з будинку.
А ми занурюємося в м'яку пітьму.

ДІЯ ЧЕТВЕРТА ⌒ СЦЕНА 14

ГОҐВОРТС, КЛАСНА КІМНАТА

СКОРПІЙ *і* АЛБУС *схвильовано вбігають до кімнати. Лунко зачиняють за собою двері.*

СКОРПІЙ

Я просто не вірю, що зміг це зробити.

АЛБУС

І я не вірю, що ти це зробив.

СКОРПІЙ

Роуз Ґрейнджер-Візлі. Я запросив Роуз Ґрейнджер-Візлі.

АЛБУС

І вона тобі відмовила.

СКОРПІЙ

Але ж я запросив її. Я кинув зерно. І воно проросте колись нашим весіллям.

АЛБУС

Ти просто неймовірний фантазер.

СКОРПІЙ

Може, й так... бо на шкільний бал мене запросила тільки Поллі Чепмен...

АЛБУС

В тій, альтернативній, реальності ти був значно... набагато популярніший... тебе запросила інша дівчина... і це означає...

СКОРПІЙ

Ну, так, логічно припустити, що я мав би домагатися Поллі... або дозволив би їй домагатися мене... бо вона, зрештою, справді незрівнянна красуня... але Роуз — це Роуз.

АЛБУС

Знаєш, логічно припустити, що ти дивак. Адже Роуз тебе ненавидить.

СКОРПІЙ

Поправка: вона колись мене ненавиділа. Ти ж не бачив, як вона на мене глянула, коли я її запросив? Це не була ненависть, це була жалість.

АЛБУС

І що ж у цьому доброго?

СКОРПІЙ

Жалість — це початок, мій друже, фундамент, на якому побудується палац... палац любові.

АЛБУС

Бач, а я думав, що я перший з нас двох заведу собі дівчину.

СКОРПІЙ

Ой, та воно так і буде, повір. Може, придивишся до нашої нової викладачки зілля й настійок, у неї такі імлисті очі... вона ж не застара для тебе, ге?

АЛБУС

Я не волочуся за старшими жінками!

СКОРПІЙ

Ну, ти ж матимеш час... багато часу... щоб її спокусити. Бо Роуз мені доведеться вмовляти ще не один рік.

АЛБУС

Мене захоплює твоя впевненість.

Повз них проходить сходами РОУЗ, *кидаючи погляд в їхній бік.*

РОУЗ

Привіт.

Ніхто з хлопців не знає, як їй відповісти... Вона дивиться на СКОРПІЯ.

РОУЗ

Як хочеш здаватися телепнем, то мовчи й далі.

СКОРПІЙ

Інформацію отримано й засвоєно.

РОУЗ

О'кей, Король Скорпіонів.

Вона йде далі, посміхаючись. СКОРПІЙ *і* АЛБУС *дивляться один на одного.* АЛБУС *сміється і ляскає* СКОРПІЯ *по руці.*

АЛБУС

Мабуть, ти маєш рацію... жалість — це початок.

СКОРПІЙ

Ідеш на квідич? Слизерин грає з Гафелпафом... цікава гра...

АЛБУС

Я думав, що ти терпіти не можеш квідич?

СКОРПІЙ

Люди міняються, Албусе. Крім того, я почав тренуватися. Думаю, що незабаром зможу грати в команді. Ходімо.

АЛБУС

Не можу. Зараз має прийти тато...

СКОРПІЙ

Він відірвався від роботи в міністерстві?

АЛБУС

Він хоче прогулятися зі мною... щось показати... поділитися зі мною... чимось.

СКОРПІЙ

Прогулятися?

АЛБУС

Я знаю усі ці родинні штучки, ближчі контакти й інша блювотина. Та, знаєш, все одно піду.

СКОРПІЙ *підходить і обіймає* АЛБУСА.

Що сталося? Я думав, ми ж вирішили обходитися без телячих ніжностей.

СКОРПІЙ

Я точно не знав, чи ми так вирішили. У цій новій нашій версії.

АЛБУС

Може, поцікався в Роуз, як краще це робити.

СКОРПІЙ

Ха-ха! Ага, якраз.

Хлопці вивільняються з обіймів і усміхаються один одному.

АЛБУС

Побачимося на вечері.

ДІЯ ЧЕТВЕРТА ⟡ СЦЕНА 15

МАЛЬОВНИЧИЙ ПАГОРБ

Чудовий літній день. ГАРРІ *й* АЛБУС *піднімаються на пагорб. Нічого не говорять, вибираючись угору і насолоджуючись сонцем, що пестить їхні обличчя.*

ГАРРІ

То ти готовий?

АЛБУС

До чого?

ГАРРІ

Ну, на носі вже іспити для четвертокласників... а далі п'ятий рік... важливий рік... у цьому класі я зробив...

Дивиться на АЛБУСА. *Усміхається. Швидко говорить далі.*

Багато чого я тоді наробив. Трохи доброго. Трохи поганого. Багато таких речей, що просто збивали з пантелику.

АЛБУС

Цікаво-цікаво.

ГАРРІ *сміється.*

Знаєш, я ж бачив... трошки... твоїх маму й тата. Вони були... вам разом було так весело. Твій тато любив пускати над тобою кільця диму, і ти... ну, ти просто заходився зі сміху.

ГАРРІ

Справді?

АЛБУС

Я думаю, вони б тобі сподобались. І думаю, що мені, Лілі й Джеймсу вони сподобалися б теж.

ГАРРІ киває. Триває трохи незручна мовчанка. Обидва намагаються розтопити між собою лід і обидва потроху зазнають невдачі.

ГАРРІ

Знаєш, я думав, що позбувся його... Волдеморта... думав, що з цим покінчено... а потім знову заболів мій шрам, і я бачив його в снах, навіть знову міг говорити парселмовою, і почав відчувати, ніби нічого не змінилося... і що він ніколи не залишить мене у спокої...

АЛБУС

І що... він не залишив?

ГАРРІ

Та частина мене, що була Волдемортом, давно вже вмерла, але позбутися його фізично виявилося замало... я мусив позбутися його в думках. А це... не так легко для сорокарічного чоловіка.

Він дивиться на АЛБУСА.

Те, що я тобі тоді сказав... непростиме, і я не можу просити, щоб ти це забув, але сподіваємося, що ми з тобою лишимо це позаду і рушимо далі.
Я спробую бути кращим татом, Албусе. І спробую... бути з тобою максимально чесним і...

АЛБУС

Тату, цього не потрібно...

ГАРРІ

Ти казав, що я нічого не боюся, але це... тобто я всього боюся. Я навіть боюся темряви, ти це знав?

АЛБУС

Гаррі Поттер боїться темряви?

ГАРРІ

Я ненавиджу маленькі комірчини, а ще... я досі цього нікому не казав, але мені дуже не подобаються... *(вагається, перш ніж це сказати)* голуби.

АЛБУС

Тобі не подобаються голуби?!

ГАРРІ *(тре чоло)*

Брудні дзьобануті створіння. Мене від них трясе.

АЛБУС

Але ж голуби нешкідливі!

ГАРРІ

Я знаю. Та найбільше, Албусе Северусе Поттере, я боюся бути твоїм татом. Бо тут я геть безпорадний. Більшість людей, принаймні, мають за приклад власного тата... беруть вони з нього той приклад чи ні. Я ж не маю такого досвіду... Тож мушу вчитися на власних помилках, розумієш? Але я старатимусь з усіх сил... щоб бути добрим татом.

АЛБУС

А я спробую бути кращим сином. Я знаю, що я не Джеймс, тату, і ніколи не буду подібним на вас обох...

ГАРРІ

Джеймс зовсім не подібний до мене.

АЛБУС

Хіба?

ГАРРІ

Йому все вдається легко. А моє дитинство — суцільна боротьба.

АЛБУС

Моє теж. То ти хочеш сказати... що я... подібний на тебе?

ГАРРІ *усміхається* АЛБУСУ.

ГАРРІ

Взагалі ти більше схожий на маму... хоробрий, гарячий, дотепний... і це мені подобається... бо це, як на мене, робить тебе просто чудовим сином.

АЛБУС

Я ж мало не зруйнував наш світ.

ГАРРІ

Дельфі нічого не досягла, Албусе... ти її викрив, вивів на світло і знайшов спосіб, щоб ми її знешкодили. Можливо, ти цього зараз не усвідомлюєш, але ти врятував нас.

АЛБУС

Але ж це можна було зробити якось краще?

ГАРРІ

Повір, я й собі задаю такі самі запитання.

АЛБУС *(відчуває велику непевність, бо знає, що тато цього б не зробив)*

І тоді... коли ми її впіймали... я хотів її вбити.

ГАРРІ

Бо ти бачив, як вона вбила Крейґа, ти був розлючений, Албусе, і це нормально. Але ти цього не зробив би.

АЛБУС

Звідки ти знаєш? А може, це моя слизеринська половина. Може, це те, що побачив у мені Сортувальний Капелюх?

ГАРРІ

Я не знаю, що діється в твоїй голові, Албусе... Мабуть, тому, що ти підліток, мені важко збагнути, що там відбувається, але серце твоє я розумію. Не розумів його... дуже довго... але завдяки цій... пригоді... я вже знаю, яке воно насправді. Слизерин, Ґрифіндор... хоч би який тобі причепили ярлик... але я знаю... знаю... що в тебе добре серце... і хай там як, але ти на шляху до того, щоб стати справжнім чарівником.

АЛБУС

Ой, та я не хочу бути чарівником — хочу розводити голубів. Ось що мене збуджує по-справжньому.

ГАРРІ *шкірить зуби.*

ГАРРІ

А твоє подвійне ім'я... не сприймай його як зайвий тягар. Знаєш, Албус Дамблдор теж пройшов чимало випробувань... і Северус Снейп... ну, але ти й сам усе про них знаєш...

АЛБУС

Вони були добрими людьми.

ГАРРІ

Вони були видатними людьми, з величезними недоліками, але без цих недоліків, вони, мабуть, ніколи не стали б такими видатними.

АЛБУС *роззирається довкола.*

АЛБУС

Тату? Чому ми тут?

ГАРРІ

Я часто сюди приходжу.

АЛБУС

Але ж це цвинтар...

ГАРРІ

І тут могила Седрика...

АЛБУС

Тату?

ГАРРІ

Той хлопець, якого вбили... Крейг Боукер... ти добре його знав?

АЛБУС

Не дуже добре.

ГАРРІ
Седрика я теж знав не надто добре. Він міг би грати у квідич за збірну Англії. Або став би чудовим аврором. Багато ким він міг би стати. І Амос каже правду... він безпричинно втратив сина. Тому я іноді сюди й приходжу. Просто сказати «вибач».

АЛБУС
Це добре... що ти так робиш.

АЛБУС підходить до тата, що стоїть біля **СЕДРИКОВОЇ** *могили.* **ГАРРІ** *усміхається синові й дивиться на небо.*

ГАРРІ
Здається, буде гарний день.

Він торкається синового плеча. І вони удвох... ледь помітно... горнуться один до одного.

АЛБУС *(усміхається)*
Мені теж так здається.

КІНЕЦЬ

Вистава *«Гаррі Поттер і прокляте дитя»* вперше з'явилася на світ завдяки продюсерській компанії «Соня Фрідмен Продакшенс», Коліну Келлендеру і «Гаррі Поттер Театрікал Продакшенс». Прем'єра вистави відбулася в лондонському театрі «Палас» 30 липня 2016 року з таким акторським складом:

АЛБУС ПОТТЕР	Сем Клеметт
АМОС ДІҐОРІ, АЛБУС ДАМБЛДОР	Баррі Маккарті
БЕЙН	Нуно Сілва
ВІДЬМА З ВІЗОЧКОМ,	
ПРОФЕСОРКА МАКҐОНЕҐЕЛ	Сенді Макдейд
ГАРРІ ПОТТЕР	Джеймі Паркер
ГЕҐРІД, СОРТУВАЛЬНИЙ КАПЕЛЮХ	Кріс Джармен
ГЕРМІОНА ҐРЕЙНДЖЕР	Нома Думезвені
ДАДЛІ ДУРСЛІ, КАРЛ ДЖЕНКІНС,	
ВІКТОР КРУМ	Джек Норт
ДЕЛЬФІ ДІҐОРІ	Естер Сміт
ДЖЕЙМС ПОТТЕР МОЛОДШИЙ,	
ДЖЕЙМС ПОТТЕР СТАРШИЙ,	
СЕДРИК ДІҐОРІ	Том Мілліґан
ДЖІНІ ПОТТЕР	Поппі Міллер
ДОЛОРЕС АМБРИДЖ, МАДАМ ГУЧ,	
ТІТКА ПЕТУНІЯ	Гелена Лимбері
ДРАКО МЕЛФОЙ	Алекс Прайс
ДЯДЬКО ВЕРНОН, ЛОРД ВОЛДЕМОРТ,	
СЕВЕРУС СНЕЙП	Пол Бенталл
КРЕЙҐ БОУКЕР МОЛОДШИЙ	Джеремі Енґ Джонс
НАЧАЛЬНИК СТАНЦІЇ	Адам Макнамара

ПЛАКСИВА МІРТА,	
ЛІЛІ ПОТТЕР СТАРША	Аннабель Болдвін
ПОЛЛІ ЧЕПМЕН	Клаудія Ґрант
РОН ВІЗЛІ	Пол Торнлі
РОУЗ ҐРЕЙНДЖЕР-ВІЗЛІ,	
ЮНА ГЕРМІОНА	Черрел Скіт
СКОРПІЙ МЕЛФОЙ	Ентоні Бойл
ЯН ФРЕДЕРІКС	Джеймс Ле Лачер

ЮНИЙ ГАРРІ ПОТТЕР

Альфред Джонс
Руді Ґудмен
Білі Кео
Еван Рутерфорд
Натаніел Сміт
Ділан Станден

ЛІЛІ ПОТТЕР МОЛОДША

Зої Брау
Крістіана Гатчінґс
Кристина Фрей

ВИКОНАВЦІ ІНШИХ РОЛЕЙ

Ніколя Алексис, Розмарі Аннабела, Джек Беннет,
Пол Бенталл, Аннабель Болдвін, Джеймс Говард,
Клаудія Ґрант, Кріс Джармен, Лоурі Джеймс,
Мартін Джонстон, Джеремі Енґ Джонс, Мораґ Кросс,
Джеймс Ле Лачер, Гелена Лимбері, Ендрю Макдональд,
Баррі Маккарті, Адам Макнамара, Том Мілліґан,
Джек Норт, Стюарт Рамсей, Нуно Сілва, Черрел Скіт

ДУБЛЕРИ

Гелен Алуко, Джошуа Вайєтт, Мораґ Кросс, Чіпо Курея,
Том Маклі

Нуно Сілва	*відповідальний за хореографію*
Джек Норт	*помічник відповідального за хореографію*
Мораґ Кросс	*відповідальна за музичну частину*

ТВОРЧА
ТА ПРОДЮСЕРСЬКА ГРУПА

Автори оригінального сюжету	Дж.К. Ролінґ, Джон Тіффані, Джек Торн
Сценарист	Джек Торн
Режисер	Джон Тіффані
Хореограф	Стівен Гоґґет
Сценограф	Крістін Джонс
Художник по костюмах	Катріна Ліндсдей
Композитор і аранжувальник	Імоджен Гіп
Художник по світлу	Ніл Остін
Звукорежисер	Ґарет Фрай
Маг-ілюзіоніст	Джеймі Гаррісон
Музичний керівник і аранжувальник	Мартин Лоу
Кастинг-директор	Джулія Горен
Технічний директор	Ґері Бістоун
Менеджер сцени	Сем Гантер
Асистент режисера	Дес Кеннеді
Асистент хореографа	Ніл Бетлс
Асистент сценографа	Бретт Дж. Банакіс
Асистент звукорежисера	Піт Малкін
Асистент мага-ілюзіоніста	Кріс Фішер
Асистент кастинг-директора	Лотт Гайнс
Супервізор художника по костюмах	Сабін Леметр
Художник по гриму	Карол Генкок

Відповідальні за реквізит	Лайза Баклі,
	Мері Геллідей
Музичний редактор	Фідж Адамс
Музичний продюсер	Імоджен Гіп
Спецефекти	Джеремі Чернік
Відеодизайн	Фінн Росс,
	Еш Вудворд
Інструктор з діалектів	Деніель Лідон
Постановка голосу	Ричард Райдер
Головний менеджер сцени	Річард Клейтон
Менеджер сцени	Джордан Нобл-Дейвіс
Заступник менеджера сцени	Дженніфер Тейт
Асистенти менеджера сцени	Олівер Беґвел
	П'юрфой, Том Ґілдінґ,
	Селлі Інч, Бен Шеррат
Режисер-резидент	Піп Мінніторп
Костюмер	Емі Ґіллот
Заступник костюмера	Лора Воткінс
Помічники костюмера	Кейт Андерсон,
	Ліенн Гаєрд,
	Джордж Аміель,
	Мелісса Кук,
	Роузі Етеридж,
	Джон Овенден,
	Емілі Свіфт
Головний перукар	
і гримувальник	Ніна Ван Гутен
Заступник головного перукаря	
і гримувальника	Еліс Таунс
Помічники головного перукаря	
і гримувальника	Шарлотта Бріско,
	Джекоб Фессі,
	Кессі Мерфі
Відповідальний за звук	Кріс Рід
Помічник відповідального	
за звук	Ровіна Едвардс
Асистент зі звуку	Лора Каплін

Звукові ефекти	Келлум Дональдсон
Головний інженер сцени	Джош Пітерс
Заступник головного інженера сцени	Джеймі Лоренс
Технік-асистент	Джеймі Робсон
Головний електрик	Дейвід Треанор
Технік відповідальний за польоти	Пол Ґурні
Асистенти	Девід Рассел, Еленор Доулінґ
Генеральний менеджер	Соня Фрідмен Продакшенс
Виконавчий директор	Даєн Бенджамін
Виконавчий продюсер	Пем Скіннер
Заступник продюсера	Фіона Стюарт
Асистент продюсера	Бен Кеннінґ
Асистент генерального менеджера	Мекс Бітлстон
Асистент технічного директора	Імоджен Клер-Вуд
Менеджер з маркетингу	Лора Джейн Елліот
Менеджер доходів	Марк Пейн
Асоційований продюсер з розвитку	Люсі Ловатт
Асистент продюсера з розвитку	Лідія Ринн
Літературний помічник	Джек Бредлі
Адміністратор з продажу квитків	Джордан Ітон
Адміністратор з резервування місць	Вікі Нґома

БІОГРАФІЇ АВТОРІВ ОРИГІНАЛЬНОГО СЮЖЕТУ

Дж. К. РОЛІНҐ
Авторка оригінального сюжету

Дж.К. Ролінґ — авторка семи романів про Гаррі Поттера, перекладених на 79 мов і проданих загальним накладом понад 450 мільйонів примірників, та трьох супутніх книжок, опублікованих з благодійною метою. Вона також авторка роману для дорослих «Несподівана вакансія», опублікованого 2012 року, а також серії детективів про Кормморана Страйка, написаних під псевдонімом Роберт Ґелбрейт. Дж.К. Ролінґ дебютує як сценаристка і продюсер фільму «Фантастичні звірі і де їх шукати» — цього подальшого розширення чаклунського світу, що має вийти на екрани в листопаді 2016 року.

ДЖОН ТІФФАНІ
Автор оригінального сюжету і режисер

Джон Тіффані був режисером вистави «Одного разу», за роботу над якою отримав численні нагороди як у Вест-Енді, так і на Бродвеї. На посаді другого режисера в театрі «Роял-Корт» працював над виставами «Дурбецали», «Надія» і «Перехід». Він був режисером п'єси «Впусти мене» в Національному театрі Шотландії, яку потім ставили в «Роял-Корт», Вест-Енді та «Вергаузі святої Анни». Його інші роботи в Національному театрі Шотландії: «Макбет» (теж на Бродвеї), «Дослідник», «Пропажа», «Пітер Пен», «Дім Бернарди Альби», «Змінити Кейтнесс: Мисливець», «Будь зі мною», «Ніхто нас не пробачить», «Вакханки», «Чорна варта» (премії Лоуренса Олів'є і Кола критиків за кращу режисуру), «Елізабет Гордон Квін» і «Вдома: Глазго». Інші його помітніші роботи: «Скляний звіринець» в АРТ (Американському репертуарному театрі) і на Бродвеї та «Посол» у БАМ (Бруклінській академії музики). Тіффані працював другим режисером у Національному театрі Шотландії з 2005-го до 2012 р. Був стипендіатом програми Редкліф Гарвардського університету 2010–2011 навчального року.

ДЖЕК ТОРН
Автор оригінального сюжету і сценарист

Джек Торн пише для театру, кіно, телебачення і радіо. Його найголовніші театральні вистави — «Надія» та «Впусти мене», режисером яких був Джон Тіффані, «Тверде життя цукрової води» для театральної компанії «Граї» та Національного театру, «Кролик» для Единбурзького фестивалю експериментальних театрів, «Стейсі» для «Трафальгарських студій», «2 травня 1997 року» та «Коли ти мене вилікуєш» для театру «Буш». Його адаптації: «Фізики» для театру «Донмар Вергауз» та «Стюарт: Життя навпаки» для театру «Гай-Тайд». Його кіносценарії: «Військова книга», «Довга дорога вниз», «Книга для бойскаутів» та інші. Його найвідоміші телевізійні сценарії: «Останні пантери», «Не забирай моє дитя», «Це Англія», «Фейди», «Клей», «Покидьки» та «Національний скарб». 2016 року Джек Торн здобув нагороди Британської академії телебачення та кіномистецтва (БАФТА) за найкращий міні-серіал («Це Англія—90») та найкращу драму («Не забирай моє дитя»), а 2012 року — за найкращий драматичний серіал («Фейди») та найкращий міні-серіал («Це Англія—88»).

ПОДЯКИ

Усім акторам, що брали участь у попередніх репетиціях вистави «Прокляте дитя», а це — Мел Кеньйон, Рейчел Тейлор, Александрія Гортон, Імоджен Клер-Вуд, Флоренс Ріс, Дженніфер Тейт, Дейвід Нок, Рейчел Мейсон, Колін, Ніл, Соня. Усім з СФП та «Блер Партнершип», Ребеці Солт з ДКР ПР, Ніці Бернс і всьому персоналу театру «Палас», а також, звичайно, нашій неймовірній акторській трупі, що допомогла матеріалізувати кожне слово.